寻找另一个自己

王印 ◎ 著

光明日报出版社

图书在版编目（CIP）数据

寻找另一个自己 / 王印著 . -- 北京 : 光明日报出版社, 2023.12

(青青子衿 / 唐杰主编)

ISBN 978-7-5194-7684-7

Ⅰ.①寻… Ⅱ.①王… Ⅲ.①诗词 – 作品集 – 中国 – 当代 Ⅳ.①I227

中国国家版本馆CIP数据核字(2024)第013335号

内容简介

"炉中火,放红光,我为亲人熬鸡汤。续一把蒙山柴,炉火更旺。添一瓢沂河水,情深意长……"一曲《沂蒙颂》唱响大江南北,也把朴实憨厚的沂蒙山人推向崭新的舞台。"山里汉子"学会了睁开眼睛看世界,也勇敢地拿起手中的笔,勤勤恳恳地记录生活中的点点滴滴。本诗集共分"高山仰止""清风徐来""静水流深""疏影横斜""浮生若歌"五辑。千真万确,你能发现别样的风景,你也将获得这个世界的别样馈赠。

自序

千淘万漉虽辛苦，吹尽狂沙始到金

"自信人生二百年，会当水击三千里。"毛泽东的诗词为什么气势恢宏？因为毛泽东是伟大的无产阶级革命家！

"勿以恶小而为之，勿以善小而不为。惟贤惟德，能服于人"，刘备的遗诏为什么千古传诵？因为这句话凝结了父亲对儿子的殷切期盼。

"业精于勤，荒于嬉；行成于思，毁于随"，这是所谓"好为人师"的韩愈对万千学子的谆谆告诫。

的确，从楚辞、汉赋到唐诗、宋词、元曲，再到明、清小说，哪一种文学形式，不是大师们高尚人格的体现，不是大师们心血和泪水的结晶呢？

一、文学之美，无人不爱

中国历史上，上至帝王将相，下至黎民百姓，没有人不爱附庸风雅的，只是许多人不具备舞文弄墨的条件而已。

咱都知道汉高祖刘邦的《大风歌》："大风起兮云飞扬，威加海内兮归故乡，安得猛士兮守四方！"

第一句"大风起兮云飞扬"，表面上写天气——大风刮起来了，云随着风翻腾奔涌！这样理解也有道理，《易经·乾卦·文言》曰："云从龙，风从虎，圣人作而万物睹。"就是说"龙为水物，云为水汽，故龙吟云出；虎吼威猛，荡谷飘风，故虎啸风生。圣人出现，万物也因之而引人注目"。大汉天子率领文臣武将荣归故里，当然是气势恢宏、风起云涌了。不过，大自然未必听人指挥，即便是真龙天子，也不可能"要风得风，要雨得雨"。

文学作品中，自然界的风雨，往往是社会风雨的写照，如苏东坡"一蓑烟雨任平生"，与其说是对"沙湖道中遇雨"的自然环境的描写，不如说是苏轼看淡人生风雨的真情流露。同理，汉高祖刘邦是通过"怒吼的狂风"和"翻滚的乌云"这两个比喻，来描述秦末群雄纷起、逐鹿天下的惊心动魄的战争画面。

第二句"威加海内兮归故乡"，一个"威"字，不仅写出了刘邦威风凛凛、所向披靡的豪迈气概，也生动描绘了各路诸侯臣服于大汉天子的场景。

拓展一下，当年西楚霸王项羽进入咸阳后，有人劝他在咸阳定都，可项羽急于东归，说："富贵不归故乡，如衣绣夜行，谁知之者！"对出身低微的汉高祖刘邦来说，这样荣归故里，是何等荣耀啊！他又怎能不踌躇满志呢？

第三句"安得猛士兮守四方"，汉高祖刘邦没有继续沉浸在胜利后的巨大喜悦与耀眼的光环之中，而是笔锋一转，流露出对前途未卜的焦灼和恐惧——打江山难，守江山更难啊！"安得猛士兮守四方"，既是希冀，又是疑问。

《汉书·高帝纪》记载，刘邦唱着这首即兴创作的《大风歌》，"慷慨伤怀，泣数行下"。席间，120人歌唱助兴，刘邦击筑伴奏，气氛极为热烈。

其实，刘邦还有一首《鸿鹄歌》，对人们更有启发："鸿鹄高飞，一举千里。羽翮（hé）已就，横绝四海。横绝四海，当可奈何？虽有矰（zēng）缴（zhuó），尚安所施？"

翻译成现代汉语，是这样的：鸿鹄飞向高空，一下子能飞几千里。它羽翼已经丰满，可以四海翱翔。当它翱翔四海后，你能将它怎么样呢？即使拥有利箭，你又能把它怎么样呢？

读完此篇，你还为遇见小人、遭到小人诽谤排挤而烦恼吗？先贤诸葛亮说"志当存高远"，这当然是正确的——让自己变得更加优秀，是回击小人的最好方式！

明洪武十四年（1381），是鸡年。大年初一，朱元璋到翰林院文华堂，与学士们一起庆贺新年，并且作诗留念——《无题》："鸡叫一声撅一撅，鸡叫二声撅二撅。三声四声天下白，褪尽残星与晓月。"

一、二句就是农民的大白话，如果只写到这儿，那就不叫诗了。三、四句"三声四声天下白，褪尽残星与晓月"，是不是完美逆袭啊？是不是霸气外露啊？你不觉得这首诗是朱元璋一生事业的生动写照吗？

朱元璋自幼贫穷，为地主家放过牛，到寺里当过和尚，甚至在动荡不安的社会上流浪乞讨了整整三年。后来，他参加农民起义军，并且势力不断壮大，竟然开创了大明王朝三百年的基业。

二、文学之美，无处不在

咱们赏析一下唐代朱庆馀的《近试上张水部》："洞房昨夜停红烛，待晓堂前拜舅姑。妆罢低声问夫婿，画眉深浅入时无。"

古代风俗，头天晚上结婚，第二天清早新媳妇才拜见公婆。这首诗描写的重点，是新妇拜见公婆之前的心理状态。

首句写成婚。洞房，即新房。停，安置。停红烛，即点亮红烛，通宵不熄。

次句写拜见。因为拜见公婆是一件大事，所以她一早就起床，在红烛光照中细心装扮，等待天亮后去堂前行礼。

这时，她心里忐忑不安：自己的打扮是不是时髦呢？能不能讨公婆喜欢呢？只是，洞房中怎么可能有别人存在呢？所以她只好询问身边的丈夫了。

由于是新娘子，当然带着羞涩，而且这种想法也不好大声说，因此这低声一问，便极为合情合理了。你可以想象新娘子娇羞满面的样子，你可以想象新娘子含情脉脉的眼神，你也可以想象新娘子如花似玉的容颜……这是不是让人心驰神往的时刻呢？

可是，看看朱庆馀写这首诗的缘由，就让人大倒胃口了。咱们先看这首诗的标题——"近试上张水部"，就是说临近科举考试了，朱庆馀怕自己的作品不符合主考大人的要求，写下这首诗，来征求张籍的意见。作者以新妇自比，以新郎比张籍，以公婆比主考大人。

我怎么看，都觉得这朱庆馀有点贱啊。张水部，名籍，官居水部员外郎，是唐代大文豪韩愈的大弟子。唐代习俗，应试举人为增加考中的可能和争取好名次，多将自己平日诗文加以编辑，写成卷轴，在考试前送呈有地位的人，以求推荐，此后形成风尚，即为"行卷"。

主试官员除详细阅读试卷外，有权参考举人平日作品和作者的知名度来决定是否录取。当时，在政治上、文坛上有地位的人以及与主考官关系特别密切的人，都可推荐人才，参与决定名单名次，谓之"通榜"。

从另一方面来说，文学就有这种能耐，她能把"投机钻营"的事情，变得这么风光旖旎！

咱们再欣赏一首小诗《问刘十九》，这是唐代白居易写的：

绿蚁新醅（pēi）酒，红泥小火炉。
晚来天欲雪，能饮一杯无？

刘十九是洛阳的一位富商，与白居易常有应酬。简单说，这就是一张请帖啊，但这张小请帖充满了情趣！

首先，全诗表情达意主要靠三个意象——新酒、火炉、暮雪——的组合来完成。

"绿蚁新醅酒"，开门见山点出新酒。由于酒是新近酿好的，未经过滤，酒面泛起酒渣泡沫，颜色微绿，细小如蚁，故称"绿蚁"。该句诗描绘家酒的新熟淡绿和浑浊粗糙，仿佛让读者看到了那芳香扑鼻、甘甜可口的米酒。

次句"红泥小火炉"，粗拙小巧的火炉朴素温馨，而且炉火正旺。诗人围炉而坐，熊熊火光照亮了暮色降临的屋子，照亮了浮动着绿色泡沫的家酒。应该说,酒已经很诱人了,而炉火又增添了温暖的情调。

后面两句:"晚来天欲雪,能饮一杯无?"在这样一个风寒雪飞的冬天里,在这样一个暮色苍茫的空闲时刻,邀请老朋友饮酒叙旧,是不是体现了诗人浓浓的情谊?

"雪"这一意象,勾勒出朋友相聚畅饮的阔大背景。你想啊,寒冬腊月,暮色苍茫,风雪大作,家酒新熟,炉火已生,只待朋友早点到来,这是多么令人神往的场景啊!

结尾问句的运用——"能饮一杯无",轻言细语,溢满真情,不仅使诗歌具有空灵摇曳之美,余音袅袅之妙,又创设情境,给读者留下了无尽的想象空间。

三、文学之美,无时不追

"文章千古事,得失寸心知。"说到底,文学也是一个鲜活的生命,需要人们深入研究,需要人们耐心培养,需要人们细心呵护。只有让"文学"活得有滋有味,人们才能尽情领略"文学"之美。

比如,李白《静夜思》:"床前明月光,疑是地上霜。举头望明月,低头思故乡。"这首诗流传千载,绝不是偶然的。首先,"床",无论被理解成"卧具",还是被理解成"坐具",人们都难以"举头望明月,低头思故乡"。即使你在"静夜"把"床"挪出房间,画面依然不协调,更谈不上有美感。选择"床"的另一个义项——井上围栏,问题则迎刃而解。李白《长干行》"郎骑竹马来,绕床弄青梅"中的"床",也指井上围栏。其次,只有到了秋末冬初的后半夜,才能"疑是地上霜"啊。否则,李白就是"醉鬼"或者"弱智"了。

试想,秋日月圆之夜,天涯游子夜不能寐,独倚井栏,长吁短叹。天上的月亮映在水中,水中的月亮挂在天上,而井边的枯藤老树在寒风中瑟瑟发抖。作者"前不见古人，后不见来者。念天地之悠悠，独怆然而涕下"。这是一幅令人肝肠寸断的经典画面啊！

再比如，《史记·陈涉世家》："陈涉少时，尝与人佣耕，辍耕之垄上，怅恨久之，曰：'苟富贵，无相忘。'佣者笑而应曰：'若为佣耕，何富贵也？'陈涉太息曰：'嗟乎，燕雀安知鸿鹄之志哉！'"

这段话，大家都熟悉。其中最有名的一句，是"苟富贵，无相忘"。好多人翻译为"我们中假如有谁富贵了，千万不要忘记彼此啊"。应该说，这样翻译并不准确。

文言文中，"相"字有一种独特的用法，就是表示动作偏指一方。如"实不相瞒""好言相劝"中的"相"，应该翻译成"你"。如"士别三日，当刮目相看"，是应该用新的眼光看待"他"。"苟富贵，无相忘"中的"相"字，应该理解为"你们"。这句话是说"我陈涉有朝一日富贵了，决不会忘记你们这帮穷哥儿们的"。

你看下文："佣者笑而应曰：'若为佣耕，何富贵也？'""佣者"的回答显然是针对陈涉的。因为陈涉说自己会富贵，所以"佣者"才讥讽他。否则，"若"字应该换成"我们"之类的词语了。

最重要的一点，陈涉在"与人佣耕"时，"辍耕之垄上，怅恨久之"，这流露出他不甘接受命运安排的思想。所以，在发动起义时，他才能发出"王侯将相宁有种乎？"的惊天一问。

一次，我截获了一个男生写的情书，正反两面写满了"我爱你""我爱你""我爱你"，只有最后一行略有不同——"我用一百个'我爱你'，来充分证明'我爱你'！"

我把他叫到办公室里狠狠地训了一顿："你写第一个'我爱你'，她觉得惊喜而激动；你写第二个'我爱你'，她就失去新鲜感了；你让她读到第100个'我爱你'的时候，她肯定想吐了。你还怎么抱得美人归啊？"

我给他写了个"情书示范"，题目叫作《我不会说"我爱你"》。

内容是这样的:"我不会说'我爱你'/我只会钻研厨艺——/我要让你/在小米粥的甜香中/悠悠醒来……//我不会说'我爱你'/我只会关注天气——/我要让你/在风雪袭来时/穿上一件保暖的棉衣……//我不会说'我爱你'/我只会规划行程——/我要让你/在漫漫旅途中/始终看到繁花似锦……//我不会说'我爱你'/我只会寻找港湾——/我要让你/在长途奔波之后/洗去一路征尘……//我不会说'我爱你'/我只会探讨音乐——/我要让你/在优美的旋律中/沉沉睡去……//真的/我不会说'我爱你'/但我会时时刻刻/把你装在我的心里!"

我接着说:"小伙子,'你喜欢的人',还没有关注你,请你暂时不要打扰她。最重要的,你要努力奋斗,确保将来'发现了你的她',能够喜欢你,对不对啊?请你一定要相信:想得到世界上最美好的东西,就得让整个世界看到最优秀的自己!"

四、文学之美,无基不牢

巴金先生说:"我们不是单靠吃米活着。"巴金先生意在强调,人们除了物质需求外,还要有精神生活,但我觉得人们要想活着,首先得有米吃。

清代湖南湘潭人张灿的一首七绝诗,写得非常好:

> 书画琴棋诗酒花,当年件件不离他。
>
> 而今七事都更变,柴米油盐酱醋茶。

"书画琴棋诗酒花"本为大雅之事,当年乐在其中,何其风流潇洒;如今好景不再有,一切都变为"柴米油盐酱醋茶"的大俗之物了。

但诗中"雅"与"俗"的对照与转换,却写出了现实生活中芸芸众生的生存状态,而以"柴米油盐酱醋茶"来对应"书画琴棋诗酒花",则体现出作者的巧思与创新。

俗语说:"家有三斗粮,不当孩子王。"但孟子曰:"君子有三乐，而王天下不与存焉。父母俱存，兄弟无故，一乐也；仰不愧于天，俯不怍于人，二乐也；得天下英才而教育之，三乐也。"

老百姓还说："善有善报，恶有恶报，不是不报，时候未到。"这话当然是真理。"比如／明朝开国皇帝朱元璋规定／皇族子孙不受普通法律约束／不受当地政府管制／／因而／明皇族成了'最幸福'的群体／子孙繁衍到一百多万／／可是／到了李自成、张献忠起义的时候／明皇族几乎被杀了个精光／／原来／他们两百多年的狂欢宴席／也不是免费的……"

我是一名人民教师，我觉得履行好人民教师的职责，就是在做一件积德行善的事情。有人不愿当老师了，辞职了，说："世界这么大，我想去看看！"这是多么潇洒的行为呀！可惜我做不到，我也是上有老下有小，一大家子人需要照顾呢，我绝对不可能"来一场说走就走的旅行"！

何况，令人向往的地方太多太多，我们不可能看遍。我觉得，"远方"，不一定指距离；别人的天堂，也未必让你幸福。生活中的"诗意"，也存在于"锅碗瓢盆交响曲"中啊。

通俗一点说，虽然我只是一介草民，但这并不妨碍我为别人、为社会做点事情。看起来，我的工资是领导发给我的，但这是老百姓的血汗钱哪。老百姓亏待过我吗？没有啊！老百姓把孩子送到我跟前，我凭什么不用心用力地教育呢？好多时候，领导没工夫理睬我，我也不往领导跟前凑，我更不会因为某些领导一时没有照顾到我而拿工作出气！真的，好长时间以来，面对学生，我从来没有马虎过！

做好了应该做的工作，你才会有稳定的收入，你才可以做你喜欢做的事情。我曾经在学校"班主任节"上发言："跟日月同行，与青春同在，让我快乐到永远，让我幸福到永远。"这话，不全是吹牛啊！你看，我可以自豪地说，我是"中小学正高级教师"，我的工资比县长还要高！这是当老师的实惠和荣耀！

诗集《我的桃花梦》出版后，有人调侃道："王老师，你怎么50多岁了还做桃花梦?"我说,我这一个桃花梦,做了50年!

各位同仁,梦想是一定要追求的,万一实现了呢。1968年,著名诗人食指写了一首诗《相信未来》,引起了巨大反响:"当蜘蛛网无情地查封了我的炉台/当灰烬的余烟叹息着贫困的悲哀/我依然固执地铺平失望的灰烬/用美丽的雪花写下:相信未来//当我的紫葡萄化为深秋的露水/当我的鲜花依偎在别人的情怀/我依然固执地用凝霜的枯藤/在凄凉的大地上写下:相信未来。"

朋友们,请相信未来——对奋斗者而言,一切都是最好的安排。

目录 CONTENTS

卷首语　当我终于扬起了头 …………………………… 001

第一辑　高山仰止

先驱者之夏瑜 …………………………………………… 004
蝉 ………………………………………………………… 005
你的生命，并不完全属于你自己！ …………………… 006
世界上最低的山 ………………………………………… 007
世界上最伟大的诗人 …………………………………… 007
世界上最动听的话 ……………………………………… 008
"儿不嫌母丑！" ………………………………………… 008
妈妈，天生一个伺候人的命 …………………………… 009
磨刀石 …………………………………………………… 010

写给多年前的我 ……………………………… 011
大道如青天 …………………………………… 012
关于"踢球" …………………………………… 014

第二辑　清风徐来

诗意地挺直自己的身影 ………………………… 016
关于"奔头" …………………………………… 017
关于理想 ……………………………………… 017
人生最大的悲剧 ……………………………… 018
人人都有水帘洞 ……………………………… 019
关于"看星星" ………………………………… 020
关于"远方" …………………………………… 020
花与果，可不是一一对应的 …………………… 021
有些梦想，注定是无法实现的 ………………… 022
倔 ……………………………………………… 023
圣人·白痴 …………………………………… 024
机会只青睐有准备的人 ………………………… 025
望远镜 ………………………………………… 026
由吃馒头想到的 ……………………………… 026
每天至少说一次"我爱你" …………………… 027
一切靠自己 …………………………………… 028
自己找食吃 …………………………………… 030
关于拔萝卜 …………………………………… 031
没钱的日子 …………………………………… 032
关于"浮浮沉沉" ……………………………… 032

种桃树	033
树木·树人	033
还是先做好自己的事情吧	034
岁月静好？	035
关于惦记	035
孩子，别怕！	036
羊，更要懂得保护自己	036
猫·鼠	038
关于耍猴	038
人在旅途	039
成功的道路	039
你，只需要默默做事	040
奇迹的另一个名字	041
一点点	042
旅程漫漫，请记得歇歇脚啊！	042
关于走路	043
成为人生的赢家	044
人生最大的财富	046
沮丧，也得有本钱	047
邪不压正？	047
关于"恶人"	048
蜘蛛网	049
千万别"不懂装懂"啊！	049
小事，别怕麻烦啊	050
守规则，就是爱生命	051
骗	051

最毒的心灵鸡汤？ …… 052
"一招鲜，吃遍天" …… 054
"扮猪吃老虎" …… 055
关于尝试 …… 055
代沟？ …… 056
我心目中的"快乐学习" …… 057
由"狗熊掰玉米"想到的 …… 058
"我，好想睡个安稳觉！" …… 059
"混蛋"逻辑 …… 060
知止，是一种智慧 …… 061
关于点蜡烛 …… 061
蚯蚓再生，是有条件的 …… 062
舍得 …… 063
请倾听一支笔的诉说 …… 063
观学校运动会有感 …… 065
假如人家不搭理你 …… 066
世界不是围着你转动的 …… 066
也谈"忍不住" …… 067
"孺子可教！" …… 068
"结果"，不会演戏 …… 069
有一把刻刀，叫岁月 …… 069

第三辑　静水流深

那只是一湾浅浅的海峡 …… 072
山浪 …… 073

丑石	073
最动人的花朵	074
上帝在玩走迷宫游戏	074
关于"如果"	075
由"装穷与摆阔"想到的	075
天堂有路	076
"红花"与"绿叶"	077
奔跑的速度	077
关于油灯	079
关于地位	079
鸿沟?	080
关于"赚便宜"	081
非分之想	082
爬树的猴子	082
水无常形?	083
有感于"植物缠绕方向之谜"	084
也谈"木桶理论"	085
关于"霍去病封狼居胥"	086
关于幸福	086
幸福·苦难	087
关于"谎言"	087
故事里的人	088
没有不长庄稼的土地	089
成功者的危险	090
眼光	090
遗传与变异	091

反差	092
人生加速度	092
文人相轻？	093
一厘米	094
差距	094
你快乐吗？	095
关于鸡下蛋	095
关于寂寞	096
关于乐观	097
星星会落山吗？	098
关于需求	099
这山望着那山高？	100
关于竞争	101
君子不跟牛置气	102
关于自杀	103
放羊娃	104
关于"知己"	105
关于秘密	106
浅薄	107
我们去旅游	107
关于无知	108
关于炫耀	109
关于"凡夫俗子"	110
关于"卖弄聪明"	111
真小人·伪君子	112
天上掉馅饼	113

"天上掉下个林妹妹！" …… 113

关于"人生之福" …… 114

关于"背叛" …… 114

奸佞之人的"苦衷" …… 115

人啊，都有两面性 …… 116

善有善报，恶有恶报 …… 118

不是冤家不聚头 …… 119

耳朵 …… 119

父子之间的战争 …… 120

关于"对手" …… 120

还是要活得潇洒一点 …… 121

耳根子软 …… 123

也谈"人傻钱多" …… 123

容易得到的东西 …… 124

"解铃还须系铃人？" …… 125

生命的自然规律 …… 125

也谈"矫枉过正" …… 126

关于逆行 …… 127

由刹车想到的 …… 127

关于要强 …… 128

关于鸭子 …… 129

关于假货 …… 129

万事皆有度 …… 130

由"瓶中水"想到的 …… 131

关于"饕餮" …… 131

天行有常 …… 132

人心如锁 ———————————— 133

作茧自缚 ———————————— 134

以牙还牙? ——————————— 134

缓一步 ————————————— 135

我看王朝更迭 ————————— 136

"天下没有免费的午餐!" ——— 136

共患难与享富贵 ———————— 137

气球人生 ———————————— 138

"太阳系" ——————————— 138

关于自恋 ———————————— 139

关于衣服及其他 ———————— 140

一场说走就走的旅行 ————— 141

关于时间 ———————————— 141

天使·魔鬼 —————————— 142

蚊子 —————————————— 142

也谈"神不可测" ——————— 143

也谈"知音难觅" ——————— 144

关于豁达 ———————————— 145

关于虚伪 ———————————— 146

关于低头 ———————————— 146

关于表率 ———————————— 147

关于葬礼 ———————————— 148

关于魔术 ———————————— 148

石头和麦子 —————————— 149

第四辑　疏影横斜

我不会说"我爱你" …… 152
雨 …… 153
求爱 …… 154
癞蛤蟆想吃天鹅肉？ …… 154
为了你而放弃一切？ …… 155
愿天下有情人终成眷属？ …… 156
忠贞 …… 156
"藤"缠"树" …… 157
关于下辈子 …… 158
相约下辈子？ …… 159
白雪对绿叶的祝福 …… 159
野马的爱情 …… 160
幸亏一路有你 …… 161
阳光不会生锈 …… 161
找对象 …… 162
遇见 …… 163
关于"一面之缘" …… 164
从你的世界路过 …… 165
一个说出来就被嘲笑的梦想 …… 166
缘分 …… 167
关于遗憾 …… 168
关于"帅"与"丑" …… 169
关于婚姻 …… 170

婚姻与鞋子 …………………………………… 171
相爱相杀？ …………………………………… 172
情人 …………………………………………… 172
恩爱夫妻 ……………………………………… 173
爱情传奇 ……………………………………… 174
梧桐树 ………………………………………… 174
错过 …………………………………………… 175
过错 …………………………………………… 176
犯错 …………………………………………… 177
情殇 …………………………………………… 177
星星·眼睛 …………………………………… 179
此生，如纸般薄命？ ………………………… 180
我们是高中同学 ……………………………… 181
约会迟到 ……………………………………… 182
爱，也不可以挥霍 …………………………… 182
红玫瑰 ………………………………………… 183
关于抱怨 ……………………………………… 184
"何处合成愁？离人心上秋！" ……………… 184
告别 …………………………………………… 185

第五辑　浮生若歌

生命列车 ……………………………………… 188
我那"丢失的家乡" …………………………… 188
城里·家乡·月亮 …………………………… 190
东边日出西边雨？ …………………………… 191

又一代人	191
儿子的信	192
这也算回馈	192
天下最成功的骗子	193
这个世界，我不想离开	193
无奈	194
关于家	195
关于月亮的问答	196
周末"旅游"	197
按摩	198
如今，我成了二孙女的两条腿	199
"爷爷！"	200
滑滑梯	201
"叶罗丽魔法棒"	202
我家最棒的表演	202
哄二孙女睡觉	203
关于吃饭	204
甜水里泡大的人	205
"我"怎么睡不着觉呢？	205
寻找另一个自己	206
我只是个小小的人	208
赏鱼	208
牛	209
醉	210
做鬼脸	210
老年多健忘	211

自嘲之"白痴" …………………………… 212
自嘲之"笼中鸟" ………………………… 212
我小时候 ………………………………… 213
我本平凡，只求心静 …………………… 214
关于"讲价" ……………………………… 215
吹牛 ……………………………………… 216
一个月饼 ………………………………… 217
"说教" …………………………………… 218
常说"过年话" …………………………… 219
镍币和银币 ……………………………… 219

卷首语

当我终于扬起了头

作为神话传说中的一棵桃树[1],
在盘曲了三千里之后,
我终于扬起了头。

当我终于扬起了头,
我明白了什么叫"镇定"。
因为无论是狂风暴雨,
还是电闪雷鸣,
该来的打击总会到来,
无论我的内心有多么震惊……

当我终于扬起了头,
我明白了什么叫"孤独"。
因为无论是虫灾病害,
还是严寒酷暑,
该受的折磨总得承受,
无论我的处境有多么困苦……

当我终于扬起了头,
我明白了什么叫"喜欢"。
因为无论是老夫老妻,
还是少女少男,

人们该看的风景总能看见,
无论我的花期有多么短暂……

当我终于扬起了头,
我明白了什么叫"甜蜜"。
因为无论在荒山野岭,
还是在繁华都市,
人们该尝的美味总能尝到,
无论我的果实有多么神奇……

当我终于扬起了头,
我明白了什么叫"坦然"。
因为无论是"灼灼其华"的艳美,
还是"延年益寿"的赞叹,
该放手的荣耀总得放手,
无论我的情感中有多少眷恋……

当我终于扬起了头,
我明白了什么叫"凤凰涅槃"。
因为无论是腐烂如泥,
还是燃烧成炬,
该奉献的骨骼还要奉献,
无论我的生命历程中有多少遗憾……

注释:
(1)南朝梁代任昉《述异记》:"东南有桃都山,上有大树,名曰'桃都',枝相去三千里。上有天鸡,日初出,照此木,天鸡则鸣,天下鸡皆随之鸣。"

(2019年9月)

第一辑

高山仰止

先驱者之夏瑜

你,
为了一群"陌生人",
慷慨激昂地走向刑场。

这些"陌生人",
却将你的鲜血蘸在馒头上,
来医治"痨病"……

似乎,
你,
只留下了"不懂你的妈妈"——
在你的坟前,
泪流满面……

然而,
这种"知其不可而为之"的精神,
是对"殉道者"的最佳传承。

真的,
每个人都有觉醒的那一刻。
那一刻来临得早或者晚,
决定着人们的前程,
也影响着国家和民族的命运!

(2018年9月)

蝉

法国人法布尔在《昆虫记·蝉》里说：
"四年黑暗中的苦工，
一个月阳光下的享乐，
这就是蝉的生活。"

我觉得，
蝉这一辈子，
最危险的时候，
莫过于爬出洞穴前后的那一段时光——
用"九死一生"来形容，
也不为过。

无论天上，
还是地上，
最成功的蝉，
应该是如来佛祖的二徒弟金蝉子吧！

金蝉子被佛祖贬去东土之后，
十世修行，
十世前往西天取经，
居然还被沙僧吃了九次……

（2020年2月）

寻找另一个自己
XUN ZHAO LING YI GE ZI JI

你的生命,并不完全属于你自己!

你没有能力从一楼跳到八楼,
你也不能从八楼跳到一楼。

现实生活中,
我们会面临许多选择——
升入天堂,
或者堕入地狱,
只是一个岔路口的区别。
但请你一定要明白:
你的生命并不完全属于你自己!

还是说说我奶奶吧,
我父亲去世的时候,
我奶奶88岁。
奶奶说:
我只有你爸爸这一个儿啊,
走到我前面了,
我真不想活了;
可我要是想个方法走了,
人家会笑话你们不孝顺的;
你们在外边工作,
风打头雨打脸的,
都不容易,
别挂念我啊;
阎王爷爷什么时候叫我,

我才去呢!

（2020年2月）

世界上最低的山

世界上最高的山，
是喜马拉雅山脉中的珠穆朗玛峰。
"喜马拉雅"是藏语音译，
意思是"冰雪之乡"。
"珠穆朗玛"也是藏语音译，
意思是"大地之母"。

世界上最低的山，
是生你养你的父亲母亲。
他们为了你而甘愿做任何事，
卑微得像一粒尘埃……

（2020年5月）

世界上最伟大的诗人

世界上最伟大的诗人，
不是李白、杜甫、白居易，
而是这些诗人的寂寂无闻的母亲。

同样伟大的，
还有这些诗人背后的心胸博大的妻子。

（2019年6月）

世界上最动听的话

世界上最动听的话，
不是恋人间的山盟海誓，
不是勇士出征前的豪言壮语，
而是妈妈喊着你的乳名，
唤你回家吃饭！

（2018年10月）

"儿不嫌母丑！"

太阳公公无论怎样晒，
也晒不黑妈妈的白发。

但皱纹与青春有关，
与美丽无关。

（2021年4月）

妈妈,天生一个伺候人的命

今天,
是我54岁生日。

因为睡得早,
我凌晨2点多钟就醒了,
躺在床上听歌。

想起妈妈说她自己,
天生一个伺候人的命:

妈妈五六岁的时候,
就帮自己的奶奶提溜尿罐子;

后来,
妈妈养育了我们兄妹四个;

到我姥娘生活不能自理的时候,
妈妈就帮我姥娘提溜尿罐子;

再后来,
妈妈帮我奶奶提溜尿罐子,
帮我爷爷提溜尿罐子;

如今,

寻找另一个自己
XUN ZHAO LING YI GE ZI JI

妈妈再有5个月就80周岁了,
每天打开大门的第一件事,
就是到我大舅家,
帮我86岁的大舅提溜尿罐子。

是的,
我家和我姥娘家,
住得很近很近。

（2019年农历十月四日晨）

磨刀石

我大爷2003年去世,
距今已经16年了。

我大爷去世的时候,
我去海南岛了,
那也是我第一次出远门。

大爷早年送我的磨刀石,
我一直在用——
给自家磨刀,
也给儿子家磨刀。

大爷是大爷爷家的大爷,

大爷爷跟我爷爷是亲兄弟。

大爷爷是退休干部,
每到年底,
都要请人给我们这些小辈理个发……

(2019年11月)

写给多年前的我

(一)

寒风呼啸,
冰天雪地。
你手拿爷爷做的背饭用的小扁担,
怀揣着空空的包煎饼用的包袱,
从45里外的求学之地赶往家中,
独自,
步行。
离家15里的时候,
天已黑透……

虽然,
那时,
你只有15岁;
虽然,

那时,
你浑身打着寒战。
但是,
"志学之年"的你,
成了一颗小小的太阳!

(二)

烈日当空,
大地像个蒸笼。
你头戴草帽,
挥舞镰刀割麦,
任凭热辣辣的汗水,
从涨得通红的脸颊上流下……

你呀,
不必仰头看天。
因为风华正茂的你,
就是一道亮丽的风景!

(2019年11月)

大道如青天

面对春天,
有人神采飞扬——

"春风得意马蹄疾,
一日看尽长安花。"

面对春天,
有人闷闷不乐——
"忽见枝头杨柳色,
悔教夫婿觅封侯。"

面对秋天,
有人热血沸腾——
"晴空一鹤排云上,
便引诗情到碧霄。"

面对秋天,
有人情凄意切——
"雨中黄叶树,
灯下白头人。"

其实,
对我这样的年过半百的跋涉者而言:
大道如青天,
无酒我自癫。

（2019年5月）

关于"踢球"

二孙女2岁零3个月了,说:
"球,
你准备好了吗?
我们要踢你了!"

我想:
假如成年人有这样的心肠,
就被称颂为"大慈大悲"了吧?

(2021年9月)

第二辑 清风徐来

诗意地挺直自己的身影

碗外的饭,
还是不吃为妙:

假如那是属于强者的,
你抢不来;

假如那是属于弱者的,
你抢夺它本身就是伤天害理的行为。

不是有句话吗?
出来混,
账总是要还的!

即使是别人送给你的饭,
你也不要吃。

一句美国谚语说得好:
天下没有免费的午餐。

(2018年10月)

关于"奔头"

生活原本沉闷,
但有"奔头"的人,
没人说他惨。

这个"奔头",
既指父母,
也指子女,
更指理想……

（2021年3月）

关于理想

有人说:
心有多大,
舞台就有多大。

这当然是真的:
那些有理想的人,
总会打破人生的天花板,
创造无限可能,
而那些没有理想的人,

注定会在社会洪流中沉沦。

此外，
有人说：
制作理想的美味，
"煎"和"熬"都是很好的方式，
"加油"也是！

（2021年2月）

人生最大的悲剧

人生最大的悲剧，
莫过于竞争还没有开始，
你已经输了。

但做人也要有牛脾气，
即使死，
也要死在奋斗的路上。

万一，
你的对手胆怯了呢？

（2020年5月）

人人都有水帘洞

美猴王身处"花果山福地,水帘洞洞天",
"不伏麒麟辖,
不伏凤凰管,
又不伏人间王位所拘束,
自由自在,
乃无量之福"。

其实,
这样的福地,
每个人都有,
只是许多人被名利蒙蔽了双眼,
因而未曾发现……

语言学家郝铭鉴先生曾向读者寄语:
"风雨阴晴君莫问,
有书便是艳阳天。"

爱尔兰剧作家萧伯纳说:
"真正的闲暇并不是说什么也不做,
而是能够自由地做自己感兴趣的事情——"

(2021年4月)

关于"看星星"

多年不见星星,
不是因为天空灰蒙蒙,
而是因为你没有用心去寻找。

请注意,
天空大得很呢!

(2021年5月)

关于"远方"

"世界那么大,
我想去看看!"
2015年4月13日,
河南省实验中学女教师顾少强的辞职信,
引起了无数人的共鸣。

可惜,
令人向往的地方太多,
我们不可能看遍。

作为一名教龄36年的教师,

我想告诉大家：
"远方"，
不一定指距离；
别人的天堂，
也许恰好就是你的地狱。

生活中的"诗意"，
也存在于"粉笔"与"黑板"的交流中，
也存在于"锅碗瓢盆交响曲"中啊……

（2020年8月）

花与果，可不是一一对应的

春天一树繁花，
秋日硕果累累，
这当然是难得的好年景；
但绝大多数花，
是不会结果的谎花。

所以，
你要求你所有的努力都有回报，
是不可能的。

鲁迅先生百年前的经典论断，
仍有积极意义：

"人类的血战前行的历史,
正如煤的形成,
当时用大量的木材,
结果却只是一小块。"

（2020年4月）

有些梦想，注定是无法实现的

在天安门城楼上，
切一盘猪头肉，
炒一碟花生米，
再烫上半斤红星二锅头……

看看长安街，
街上车水马龙；
望望天安门广场，
广场上人山人海。

心头高兴，
自斟自饮，
咱也闹他个"醉里乾坤大，壶中日月长"……

好当然是好了，
可实现不了，
怎么办啊？

宋丹丹饰演的"白云",
曾对赵本山饰演的"黑土"说:
"忍着!"

说到底,
寒蝉见不到雪花,
是毋庸置疑的,
无论寒蝉多么努力!

有时,
学会放弃,
比执着一生更能让人获得幸福……

(2019年11月)

倔

正值早晨上班的高峰期,
马路上,
无数双大脚板,
在急匆匆地来来去去……

还有飞奔而过的
两轮的、三轮的、六轮的
以及更多轮子的车子……

一只小蚯蚓，
正在横穿马路。
你瞧呀，
它努力地扭来扭去，
认真极了……

唉，
人生啊，
一半是现实，
一半是梦想。

脱离了现实，
你将无法生存。
没有了梦想，
你自然一事无成。

（2018年10月）

圣人·白痴

圣人和白痴，
是有许多共性的，
比如执着，
比如不被世人理解……

但是,
假如你无法做一座里程碑,
那就做一块铺路石吧!

（2020年9月）

机会只青睐有准备的人

对于我们这些外行人来说,
我们不知道哪块云彩会下雨,
也不知道什么时候会下雨。

我们唯一能做的,
就是多积累几片云啊!

真的,
人这一生,
要做很多准备。
即使有些准备,
你永远都用不上……

（2019年11月）

望远镜

望远镜,
是军事指挥员必须有的。

从另一方面说,
拥有望远镜的士兵,
迟早会成为指挥员。

(2020年6月)

由吃馒头想到的

普通成年男子,
三分钟内吃掉一个馒头,
是不在话下的。

那么,
十分钟内吃掉三个馒头,
也是可以完成的。

请问:
一个小时内,
这名男子能吃掉十八个馒头吗?

读书也是这样啊:
开卷未必有益,
多多未必益善;
即使有益的书,
也未必适合你读。

正如清代思想家章学诚所言:
"读书如饭,
善吃者长精神,
不善吃者生疾病。"

推而广之,
人们做事情,
不能仅仅关注量的增加,
还要以"适中"为标准。

这,
就是中国文化的核心理念——
"中庸"的基本精神和价值所在。

(2018年9月)

每天至少说一次"我爱你"

对着镜子,

跟自己说"我爱你",
你会收获自信。

算着日子,
跟亲人说"我爱你",
你会收获温暖。

撒着种子,
对土地说"我爱你",
你会收获未来。

当然,
说"我爱你",
不必高声,
也不必正式,
甚至你可以在心里说——
因为真正爱到了极处,
行动胜过所有的语言……

（2020年3月）

一切靠自己

客商出门前祈祷:
上帝呀,
请保佑我一路平安吧!

强盗出门前祈祷：
上帝呀，
请保佑我此行发大财吧！

我智商低，
想不明白上帝该怎么办。

清代诗人吴信辰题贵州安顺财神庙曰：
"只有几文钱，你也求，他也求，给谁是好？
不做半点事，朝也拜，夕也拜，叫我为难！"

现代著名教育家陶行知《自立立人歌》曰：

"滴自己的汗，
吃自己的饭，
自己的事自己干，
靠人、靠天、靠祖上，
不算是好汉。

"滴自己的汗，
吃自己的饭，
别人的事我帮忙干，
不救苦来不救难，
可算是好汉？

"滴大众的汗，
吃大众的饭，

大众的事不肯干,
架子摆成老爷样,
可算是好汉?

"大众滴了汗,
大众得吃饭,
大众的事大众干,
若想一个人包办,
不算是好汉。"

（2020年3月）

自己找食吃

据说,
鸡可以活8年,
羊可以活15年,
猪可以活20年,
鹅可以活40年……

但是,
家养的这些牲畜,
怎么可能享尽天年呢?

人们都说:
"老天饿不死瞎眼的雀儿。"

但上天赐食于鸟，
绝不投食于巢。

贪图自在衣食的人，
也很危险哪！

（2020年1月）

关于拔萝卜

儿歌：
"拔萝卜，拔萝卜，
嗨哟嗨哟拔萝卜，
嗨哟嗨哟拔不动。
老太婆，快快来，
快来帮我们拔萝卜……"

结论：
最难拔的萝卜，
最大。

（2022年1月）

没钱的日子

郭敬明《爱与痛的边缘》：
"生活不是林黛玉，
不会因为忧伤而风情万种。"

那么，
没钱，
学会微笑，
生活也不会太糟糕！

（2021年1月）

关于"浮浮沉沉"

"一着不慎，满盘皆输"，
往往发生在志得意满之时。

接下来，
请注意，
人在低谷的时候，
不要打扰任何人。

（2021年1月）

种桃树

吃桃子,
当然是幸福的事情了。

有眼光的人,
是种桃人。

种桃树的最佳时间,
是十年前。

（2020年11月）

树木·树人

森林里的树,
需要和同伴争夺阳光,
争夺水分,
争夺养料,
因而棵棵力争上游……

庭院里的树,
要想长得高大而挺拔,
必须经过修剪。

有人说，
废掉一个孩子的最简单的方法，
就是让他完全按照自己喜欢的方式长大。

还有人说，
强者谈坚持，
弱者才谈喜欢。

（2019年7月）

还是先做好自己的事情吧

想睡觉，
你就能睡得着吗？

想醒来，
你就能醒得过来吗？

想笑一笑，
你就能笑得出来吗？

这样简单的事情，
你都做不了主，
还想主宰世界呀？

（2020年2月）

岁月静好？

送你礼物的圣诞老人也罢，
将你掉落的乳牙换成银币的牙仙子也罢，
都是你爸爸妈妈或者其他亲人假扮的。

作家苏心说：
"哪有什么岁月静好，
不过是有人替你负重前行，
生活从来都不容易。"

（2021年4月）

关于惦记

整日惦记你的人，
除了你的亲人和朋友，
还有你的敌人。

无论为了谁，
你都不该懈怠！

（2022年4月）

孩子,别怕!

有"鲜花"的地方,
必定有"毒蛇"。

害怕是没有用的,
假如不想空手而归,
就一定要带好"打蛇棍"。

(2020年2月)

羊,更要懂得保护自己

一只柔弱的羊,
像你,
被狼的尖牙利爪折服,
流着眼泪说:
"狼先生,我没见过世面。
求求您,为我的人生指条明路吧!"

可是,
狼要吃羊,
不是因为羊犯了错误,
而是因为狼饿了。

我觉得，
羊们要想好好活着，
首先得自己找草吃，
绝不接受嗟来之食；
同时要融入自己的大家庭，
绝不能脱离族群的保护；
当然还要有出众的奔跑能力；
还要有锋利的犄角……

另一个寓言故事，
我也一并讲一讲吧：

"一个教徒被狮子追赶，
眼看无法逃脱，
就坐到地上祷告：
'上帝呀，
请将追击我的狮子变成基督徒吧。'

"好一会儿，
这人从吓晕的状态中悠悠醒转，
听见狮子在做祷告：
'亲爱的上帝啊，
谢谢您，
赐给我一顿丰盛的晚餐！'"

（2019年7月）

猫·鼠

猫捉到老鼠,
并不忙着把老鼠吃掉,
而是要戏耍一番的。

人与人之间,
这种现象也存在啊!

另外,
让你流泪的人,
不值得你为他哭泣。

（2022年1月）

关于耍猴

猴和人在一起,
往往被耍;
但耍猴人,
往往难成大器。

（2022年3月）

人在旅途

无论上坡,
还是下坡,
无论顺风,
还是逆风,
人生旅程中,
总有人超过你,
或者你超过别人……

请记住,
芸芸众生都是自顾不暇的泥菩萨,
没人能帮你渡过"现实"这条河。

（2018年10月）

成功的道路

最好的时光,
在路上;
最真实的自己,
在远方。

但是,
有些路,

看起来很近,
走下去很远;
有些路,
看起来很平,
走下去很难。

虽然两地之间,
直线距离最短,
但没有耐心的人,
走不到终点。

何况,
通往成功的道路,
注定九曲十八弯。

不信?
请看看"百川归大海"的轨迹吧!

(2018年10月)

你,只需要默默做事

还没成功的时候,
请不要告诉人家你有多努力——
人家是不会在意的。

成功之后,
你也不需要标榜自己有多努力——

人家只在意你的光芒。

但你要记住,
无论多么美的图景,
都是一笔一画绘成的。

（2018年10月）

奇迹的另一个名字

爬过山的人,
知道山路崎岖。

蹚过河的人,
知道水流急湍。

人生从来没有白费的功夫,
一切"无心插柳柳成荫",
其实都是水到渠成。

真的,
星星并不遥远,
梦想也不虚无,
奇迹的另一个名字,
叫坚持。

（2020年8月）

一点点

1.01的365次方,
等于37.8;
0.99的365次方,
等于0.03。

每天努力一点点,
每天懈怠一点点,
两者的差距原来这么大!

（2022年1月）

旅程漫漫,请记得歇歇脚啊!

就算是一头驴,
拉磨时间长了,
也得歇歇脚,
何况人呢?

请相信:
动物的任何自然规律,
在人身上都存在。

打个比方吧,
绳子断了,
问题往往出在最细的地方。

更何况,
不是每件事情,
只要努力就可以得到好结果的。

(2020年11月)

关于走路

小孩子刚学会走路时,
不让人抱;

小孩子完全学会走路时,
又嫌走路太累,
让人抱。

只是,
走惯了"红地毯"的人,
走不了坎坷路……

(2020年8月)

成为人生的赢家

成为人生的赢家,
有时并不难。

比如在60米赛场上,
从起点跑到终点,
似乎在眨眼之间——
目前男子60米世界纪录是6秒34,
女子60米世界纪录是6秒92。

比如在跳高赛场上,
你只需要轻轻一跃,
飞过横杆——
目前男子跳高世界纪录是2米45,
女子跳高世界纪录是2米09。

比如在标枪赛场上,
你只需要铆足劲头,
猛然一掷——
目前男子标枪世界纪录是104米80,
女子标枪世界纪录是72米28。

这些,
都做不到啊?

假如你有沉鱼落雁之容,
假如你有闭月羞花之貌,
也能出人头地呀。

或者,
你如嵇绍般"鹤立鸡群",
你如曹子建般"出口成章",
也算出类拔萃了。

还是不行啊!

那么,
据说,
能登上埃及金字塔的,
只有两种生命——雄鹰和蜗牛。

别嫌啰唆啊。

明代"江南四大才子"之唐伯虎,
16岁参加秀才考试,名列第一;
28岁参加乡试,勇夺桂冠;
不久卷入科场舞弊案,锒铛入狱……
老百姓说:
爬得高,摔得惨。

同为"江南四大才子"的文徵明,
2岁还不会说话,不会走路;
6岁仍站立不稳;

9岁尚且口齿不清；
一生九次参加乡试，均落榜而归；
晚年名满天下，
诗、文、书、画俱佳，
被誉为"四绝全才"。

（2020年1月）

人生最大的财富

人生最大的财富，
不是豪宅，
不是名车，
也不是华丽舞台上的耀眼光环，
而是植根于内心深处的善良。

举个例子，
踩死一只蚂蚁，
并不能使人伟大；
送给饥饿的蚂蚁一粒米，
你就有了一副菩萨心肠。

（2021年2月）

沮丧，也得有本钱

非洲大草原上，
猛兽云集，
一头疣猪却在踽踽独行——

也许是因为失联，
也许是因为失恋，
但结局大致相同。

（2020年3月）

邪不压正？

君子斗不过小人，
因为君子守正道，
小人无所不用其极。

但无论是谁，
只要被贴上了"小人"的标签，
将会时时处处步履维艰。

（2020年1月）

关于"恶人"

那些凶巴巴的"恶人",
也曾是天使。

可惜,
有人为他们摘下了光环,
有人为他们藏起了翅膀,
也有人让他们收敛了微笑……

各位家长朋友啊,
请您一定要记住:
教育好自己的孩子,
不能只是老师的事情,
更应该是您这辈子最重要的事业!

千真万确,
在孩子最需要教育的时候,
您选择了挣钱。
等孩子长大了,
您辛辛苦苦一辈子挣的钱,
注定经不住败家子折腾!

(2021年5月)

蜘蛛网

谜语:
"小小诸葛亮,
独坐中军帐。
摆下八卦阵,
专捉飞来将。"

人们说,
蜘蛛能坐享其成,
靠的是那张"关系网"。

可是,
蜘蛛只能捉住苍蝇、蚊子,
以及诸如此类的昆虫;
蜘蛛不可能捉住麻雀,
更永远捉不住雄鹰。

(2018年11月)

千万别"不懂装懂"啊!

面对不懂的东西,
千万不要自以为是。

除非,
你已经弄懂了。

其实,
一个人最大的聪明,
就是认识到自己很笨。

（2020年1月）

小事，别怕麻烦啊

开车的人或者坐车的人,
请系上安全带吧。
别觉得安全带是累赘,
关键时候,
安全带能救你一条命啊！

血压升高了,
不可逆转了,
就坚持每天吃药吧。
虽然麻烦点,
但不至于酿成大祸呀！

（2020年1月）

守规则，就是爱生命

前面路口，
红灯亮起。
你，
只需要耐住性子，
静静地等待。

并且，
你只需要等待几秒钟，
最多不过等待几十秒而已。

你确定,
你真愿意拿自己的血肉之躯，
去跟人家的钢筋铁骨相撞吗？

（2019年2月）

骗

面具，
每个人都带着。

甚至，

有人带着好多副。

像我,
一名普普通通的老师,
展现给学生的,
也仅仅是阳光的一面!

但是,
骗别人易,
骗自己难。

假如,
你骗自己,
而且成了习惯。

那么,
你终将一事无成!

（2018年10月）

最毒的心灵鸡汤？

如果你改变不了世界,
你就改变自己。

如果你改变不了环境,

你就适应环境。

网友评论说,
这是最毒的心灵鸡汤。
并且进一步说明,
好人就是这么堕落的,
奴性就是这样炼成的。

甚至,
有网友打了个形象的比喻:
你要是掉到粪坑里,
就安心吃屎吧!

我觉得,
安心吃屎,
并不是改变自己。
从粪坑里爬出来,
才是改变自己的第一步。
并且,
从粪坑里爬出来,
多半要靠自己。

接着,
你还可以找清水洗净自己,
甚至尝试着用坑里的粪便,
让庄稼茁壮地长起来。

要知道,

所有的粪坑,
都是老农民的宝贝呀!

(2018年11月)

"一招鲜,吃遍天"

你有一万个招式,
并不可怕。

可怕的是,
你只有一个招式,
却练了一万遍。

20世纪,
以领导新文化运动而闻名的胡适说:
"这个世界聪明人太多,
肯下笨功夫的人太少,
所以成功者只是少数人。"

(2019年7月)

"扮猪吃老虎"

面对那些自以为聪明绝顶的人,
你不需要紧张。
你真正需要认真对待的,
是那些整日"标榜"自己痴呆的人。

我不骗你——
你总听过"扮猪吃老虎"的说法吧?
那些"扮猪吃老虎"的"猛兽",
是"人"啊!
他们吃掉的"老虎",
本来是要去吃"猪"的。

(2019年10月)

关于尝试

二孙女七个多月了,
发现感兴趣的东西——
比如爷爷的腰带,
比如爷爷的领子扣子,
总想舔一舔,
甚至想咬一咬……

好奇是人类的天性，
成人也一样：
没吃过的，
没喝过的，
没看过的，
没玩过的，
总想试一试……

有些东西可以尝很多次，
比如白开水，
比如小米粥，
比如烤地瓜，
比如鸡鸭鱼肉……

有些东西甚至一次都不能试，
比如过期食品，
比如高压线，
比如剧毒药，
比如国家法律……

（2020年1月）

代沟？

我劝同学们勤奋些，

用了一句俗语：
"早起的鸟儿有虫吃。"

学生们的回答异口同声：
"早起的虫儿被鸟吃。"

我们之间，
是隔了一条鸿沟吗？

（2018年10月）

我心目中的"快乐学习"

耕田，
插秧，
锄草，
灭虫……

觉得这些画面富有诗意的，
肯定不是农民。

农民的快乐在于收获，
而收获和播种并不在一个季节。

借此类推，
整天谈让学生"在学习中获得快乐"的，

肯定不是那些"喋喋不休"的老师……

我是一名中学老师，
在"三尺讲台"上奋斗了三十多年，
见过许许多多"玩儿""上瘾"的学生，
从没见过"一不学习就难受的人"。

（2020年10月）

由"狗熊掰玉米"想到的

狗熊掰玉米，
掰一个掉一个。

人们掰玉米，
身边挎着筐啊。

并且，
人们不仅有筐，
还有粮仓，
还有对玉米的深加工技术……

这些知识和技能，
都是通过学习和分享获得的。

（2020年1月）

"我,好想睡个安稳觉!"

——献给我的那些可爱的学生

数学——
你别蹦过来,
我不喜欢你!

语文——
瞧你那老态龙钟的样子吧,
我讨厌你!

英语——
你躲在一角,
羞答答的,
感觉自己很迷人吗?

还有物理,
还有化学,
还有政治,
还有历史,
还有那该死的地理和生物……

你们,
你们,
统统别过来!

已经夜里11点半了,
今晚,
我只想睡个安稳觉,
谁也不再理睬!

(2019年4月)

"混蛋"逻辑

论智力,
我比不过人家;
论基础知识,
我比不过人家;
论学习刻苦,
我比不过人家;
论家世,
我还是比不过人家……

老师啊,
您告诉我,
我要是再不"特立独行"一点,
我还怎么活啊?

唉,
对这种人,
老百姓是这样评价的:

"人穷志短,
马瘦毛长。"

（2020年2月）

知止，是一种智慧

"没有金刚钻,
别揽瓷器活。"

失败了多次之后才明白,
小时候听得耳朵起茧的道理,
原来都是真的。

（2021年2月）

关于点蜡烛

两头点蜡烛,
当然是可以的。
即使你把蜡烛当柴烧,
也没有问题。

然而,

只有一根蜡烛,
却嫌不够亮,
一般人是把蜡烛掰成两段的。

有些规则,
其实不需要挑战!

（2019年8月）

蚯蚓再生，是有条件的

蚯蚓被从中间斩成两段,
只有包含"生殖环带"的那一段,
才可以重生。

被斩成许多段的蚯蚓,
自然无法活下去;
被竖着切开的蚯蚓,
也必定死于非命。

不尊重客观规律而肆意妄为,
就是伤天害理的举动。

（2019年8月）

舍得

《孟子》曰:
"鱼,我所欲也;
熊掌,亦我所欲也,
二者不可得兼,
舍鱼而取熊掌者也。"

这是流传千年的智慧啊,
却偏偏有人想鱼与熊掌兼得,
怎能不一败涂地呢?

(2020年2月)

请倾听一支笔的诉说

古语说:
"良禽择木而栖,
良臣择主而事。"

但我跟着这个上高中的"小帅哥",
觉得特别委屈。

一节作文课的时间过去了,

作文纸上,
居然还是一片空白。

请相信,
我,
也能"下笔如有神"啊!

我想,
现在,
你的父母也觉得很郁闷吧?
毕竟他们钱没少花,
苦没少吃,
罪没少受,
气没少生,
可"他们家"未来的"顶梁柱",
怎么就不知道努力成长呢?

我想问:
将来,
你的媳妇,
会因为嫁给你而觉得窝囊吗?
你的孩子,
会因为有你这样的父亲而觉得尴尬吗?

唉,
还是听一听海子的诗吧:
"给每一条河每一座山取一个温暖的名字
陌生人,我也为你祝福

愿你有一个灿烂的前程
愿你有情人终成眷属
愿你在尘世获得幸福
我只愿面朝大海，春暖花开"

（2019年11月）

观学校运动会有感

长相普通也就罢了，
还跑不快，
跳不高，
投不远，
并且不愿意学习……

长此以往，
有些原本属于你的东西，
就会被别人抢走，
而你只能眼睁睁地看着……

（2019年11月）

假如人家不搭理你

上高三了,
你当然也可以找同学玩,
但你要尽可能地找积极上进的同学玩——
"近朱者赤,近墨者黑"嘛!

假如积极上进的同学都忙着学习,
不愿意搭理你,
那你就赶紧去学习吧!

(2019年11月)

世界不是围着你转动的

鱼没有刺,
该多好啊。
西瓜没有籽,
该多好啊。
那样,
人们就可以吃得痛快淋漓了。

但是,
人们忽略了一点:

西瓜与鱼,
来到这个世界,
不是为了让人吃的。

（2020年3月）

也谈"忍不住"

寓言故事:
蝎子想过河,
请小青蛙帮忙,
小青蛙担心被蜇。

蝎子说:
"蜇了你,
我会淹死的。"

小青蛙驮着蝎子,
游到河中间,
就觉得背上钻心地疼,
随后四肢逐渐麻木……

沉入河底之前,
青蛙回头责问蝎子。
蝎子沮丧地说:
"我知道蜇你的后果,

可我忍不住啊！"

这个"忍不住"，
不知毁了多少人的前程，
而那些"头悬梁，锥刺股"的人，
都是为了"忍住"啊！

（2020年12月）

"孺子可教！"

世界上没有无缘无故的爱，
没有无缘无故的恨，
也没有无缘无故的相遇。

那么，
你家的孩子是来报恩的，
还是来讨债的？

据说，
做那个人的孩子，
是最好的报仇方式，
也是最佳的报恩方法。

其实，
孩子是可塑的，

关键是家风啊!

（2020年10月）

"结果",不会演戏

"笑脸"和"努力"都可以假装,
但"结果"不会演戏。

坚持你所坚持的,
热爱你所热爱的。

余下的问题,
交给时间去处理。

（2018年10月）

有一把刻刀,叫岁月

岁月这把刻刀,
不光把皱纹刻上你的额头,
也把伤痕刻上你的心灵。

所以,

美容养颜固然重要，
呵护心灵才能让你登上人生顶峰！

（2020年8月）

第三辑

静水流深

那只是一湾浅浅的海峡

红红的太阳升起来了,
照着大陆,
也照着台湾。
我们是同源同种的一群人,
只是隔着一湾浅浅的海峡。

太平洋上的风刮起来了,
吹着大陆,
也吹着台湾。
我们是共荣共辱的一群人,
只是隔着一湾浅浅的海峡。

珠穆朗玛峰上的旗飘起来了,
引领着大陆,
也引领着台湾。
我们是共同追逐梦想的一群人,
只是隔着一湾浅浅的海峡。

(2019年4月)

山浪

人们熟悉海浪，
熟悉麦浪，
也熟悉人浪……

其实，
连绵的群山，
也是波浪，
只是起伏得慢，
一般人看不出来。

（2020年4月）

丑石

石头，
丑到极处，
便是美到极处。

人，
不是这样。

（2022年1月）

最动人的花朵

牡丹花,
可以为自己的雍容华贵而自豪,
但不可以嘲笑苔开花的行为。

因为每一个生命,
都在自己的世界里如太阳般闪耀。

至于最动人的花朵,
只在梦中开放——
娇艳的花瓣上滴着思念的泪水……

（2020年1月）

上帝在玩走迷宫游戏

上帝给了你一张漂亮的脸,
给了你一副婀娜多姿的身材,
还让你有了无与伦比的高智商……

因为上帝喜欢看你走迷宫——
他特别喜欢看你找不到出路
而又不认输的样子。

假如你停下探寻的脚步，
上帝会毫不犹豫地把你换下去！

（2020年5月）

关于"如果"

每个人的记忆中，
都有无数让人神往的"如果"。

可惜，
人们仍然把曾经是"未来"的"现在"，
变成令人捶胸顿足的又一个"如果"……

（2020年7月）

由"装穷与摆阔"想到的

有钱人，
怕被别人知道有钱，
拼命装穷；
没钱人，
怕被别人知道没钱，

喜欢摆阔。

同理,
聪明人怕被别人知道聪明,
喜欢装傻;
糊涂人怕被别人知道糊涂,
卖弄聪明。

同理,
想成为伟人的,
自然只是凡人;
渴望默默无闻的,
必定是伟人。

（2019年8月）

天堂有路

"天堂有路你不走,
地狱无门自来投",
这话绝对不是瞎说的。

因为通往天堂的路布满荆棘,
而堕入地狱只需跌一个跟头……

（2020年1月）

"红花"与"绿叶"

自古"花无百日红",
可无人说"叶无百日绿"。

社会生活中,
这种现象依然存在啊!

那么,
你是喜欢做"红花"呢,
还是喜欢做"绿叶"呢?

智利诗人聂鲁达在《似水年华》中说:
"当华美的叶片落尽,
生命的脉络才历历可见。"

(2021年5月)

奔跑的速度

陆地上,
跑得最快的动物是猎豹,
时速达115千米。
换算一下,

猎豹每秒可以奔跑31.94米，
完成百米跑只需要3.13秒。
目前男子百米世界纪录，
是牙买加运动员博尔特创造的9.58秒；
女子百米世界纪录，
是美国运动员乔伊娜创造的10.49秒。

有人轻蔑地说，
猎豹高速奔跑，
最多只能坚持3分钟。
也就是说，
猎豹可以一次性高速奔跑5749.2米。
目前男子5000米跑世界纪录，
是12分37秒35；
女子5000米跑世界纪录，
是14分24秒53。

那么，
人类凭什么
认为自己是"宇宙之精华"，
认为自己是"万物之灵长"呢？

（2020年4月）

关于油灯

最不省油的灯,
只有一次点亮的机会。

最省油的灯,
看似吃了亏,
却往往拥有最多的油。

所以有人说:
智者千算,
不如苍天一算。

这个"苍天",
是指良心、道义和品行啊。

(2021年1月)

关于地位

人这一辈子,
得意之事有多少,
失意之事就有多少。

可是,
小姐只与小姐比量高低,
丫鬟只与丫鬟争风吃醋。

另外,
林黛玉"唯恐被人耻笑了他去",
是自卑的外在表现。
贾宝玉"那管世人诽谤",
才是独立不迁的自然流露啊!

（2022年1月）

鸿沟?

林黛玉风华绝代,
倾国倾城,
不光让贾宝玉失魂落魄,
甚至让薛蟠
"忽一眼瞥见了林黛玉风流婉转,
已酥倒在那里"。

但鲁迅先生在《文学与出汗》中说:
"'弱不禁风'的小姐出的是香汗,
'蠢笨如牛'的工人出的是臭汗。"

鲁迅先生在《"硬译"与"文学的阶级性"》中

说:"贾府上的焦大,也不爱林妹妹的。"

真的,
对种子而言,
烂泥比金子好。

（2021年12月）

关于"赚便宜"

有便宜不赚,
是傻子。

见便宜就赚,
也肯定没有好果子吃。
所以俗话说:
"外财不发命穷人。"

真的,
所有被钓上来的鱼,
都是自作聪明的。

（2019年4月）

非分之想

既要有"齐天大圣"的身材,
又要有"天蓬元帅"的口福,
这也是可能的。

比如糖尿病的早期症状:
多饮,多尿,多食,消瘦……

(2020年4月)

爬树的猴子

人啊,
就是爬树的猴子——
向着高处,
全是脸面;
对着低处,
全是屁股。

那么,
树顶上的人怎么样呢?

《史记·魏世家》曰:

"家贫则思良妻,
国乱则思良相。"

《史记·越王勾践世家》曰:
"飞鸟尽,良弓藏;
狡兔死,走狗烹。"

许多时候,
人们看不见自己一身毛,
反说别人是妖精。

(2021年12月)

水无常形?

中国的地形,
西高东低,
呈阶梯形分布,
所以中国的河,
向东流的居多。
比如宋时途经"水泊梁山"的黄河,
被写进了歌——
"大河向东流哇,
天上的星星参北斗啊。"

这当然也有例外,

比如,
"独立寒秋,
湘江北去,
橘子洲头"。

比如,
"小河弯弯向南流,
流到香江去看一看"。

我想,
喜马拉雅山西面的河,
很少向东流吧?

(2022年1月)

有感于"植物缠绕方向之谜"

地理书上说,
辨别藤蔓植物的祖籍有个诀窍:
茎向右旋转的,
生长在南半球,
如金银花、菟丝花;
茎向左旋转的,
生长在北半球,
如牵牛花、马兜铃;
起源于赤道附近的,

缠绕方向则不固定,
比如何首乌……

这种"方向特性",
是它们的老祖宗传下来的,
历经百千万年而绝不变更。

那么,
自诩为万物之灵长的人类啊,
怎能数典忘祖?

（2019年8月）

也谈"木桶理论"

木桶理论:
"木桶的盛水量,
并不取决于打造木桶的最长木板,
而是取决于打造木桶的最短木板。"

同理,
决定人寿命长短的,
不是哪个器官好,
而是哪个器官不好。

同理,

决定人成就大小的,
不是哪个习惯好,
而是哪个习惯不好。

(2020年12月)

关于"霍去病封狼居胥"

荣耀和悲苦,
是一一对应的,
只是双方当事人的感受不同罢了。

晚唐诗人曹松曰:
"凭君莫话封侯事,
一将功成万骨枯。"

(2020年11月)

关于幸福

这个世界上,
唯一不变的是变化。

你的幸福,
不在于留恋行云流水般的昨天,
而在于把握每一个今天。

健康，
包括身体的和心理的，
才是你创造幸福的秘密武器。

（2021年1月）

幸福·苦难

幸福像花儿一样，
苦难也像花儿一样，
而人们往往在经历苦难之后，
才能品味幸福。

实际上，
绊脚石和垫脚石，
是同一块石头！

（2022年1月）

关于"谎言"

许多时候，
我们自己撒谎，

也面对别人的各种谎言：
比如你很漂亮，
比如你很聪明，
比如你很健康……

不过，
这一类谎言是善意的，
既不是为了趋利，
也不是为了避害，
而是为了让这个世界更美好！

（2019年5月）

故事里的人

故事里的人，
既有主角，
也有配角。

故事里的人，
既有好人，
也有坏人。

但是，
只有游过泳的人才知道：
有些汗水，

别人看不见……

换个说法吧,
鸭子在水面上悠闲地前进,
是因为鸭蹼在水下用力地划动。

（2020年8月）

没有不长庄稼的土地

耕作也罢,
播种也罢,
收获也罢,
都是人与自然的对话。

真的,
每一块土地,
都有适合它的种子。

这块地,
也终有属于劳动者的一份收成。

（2020年8月）

成功者的危险

只有树林意蕴深厚,
才有树王高大威猛——
据称,
澳大利亚草原上的杏仁桉,
最高达156米。

只有大众云集响应,
才有领袖高瞻远瞩——
"掌上千秋史,
胸中百万兵。
眼底六洲风雨,
笔下有雷声。"

哲人说:
成功者最大的危险,
是脱离群众。

（2020年3月）

眼光

一棵苍老的苹果树,
不会结很多的果,
却可以成为鸟的乐园。

你用锯子把它杀掉,
卖的是木材;
你用围栏把它保护起来,
卖的,
不光是风景……

(2020年2月)

遗传与变异

苹果树,
只能结苹果;
橘子树,
只能结橘子。
丑小鸭能够变成白天鹅,
因为它是白天鹅的孩子。

同样道理,
你家的孩子活泼,
他家的孩子文静,
任凭你怎样"羡慕嫉妒恨",
都是没有用的,
这叫遗传。

同一棵树结的果,

个头有大小，
颜色有深浅，
成熟有早晚，
这叫变异。
因此俗话说：
"龙生九子，
各有不同。"

（2019年10月）

反差

丑小鸭把自己当成白天鹅，
整日趾高气扬。

真正的白天鹅，
反而十分谦卑和亲善。

（2020年12月）

人生加速度

人们降生之时，
彼此的差异是不大的。

但随着年龄增长，
人们的差异越来越明显。

最终，
有人攀上了成功的顶峰，
有人跌入了痛苦的深渊。

（2020年5月）

文人相轻？

许多文人，
觉得自己的诗文最好，
就像母鸡，
觉得自己下的蛋最圆。

事实上，
放弃世俗中的自我，
才有质的飞跃。

（2019年11月）

一厘米

一张纸,
一支笔,
一点墨,
能值几个钱?
但一幅名画,
可以价值连城!

真的,
人与人之间的差别,
也许只有一厘米——
不过,
那是世界地图上的一厘米。

(2019年5月)

差距

"打蛇要打七寸",
蚯蚓即使知道这个道理,
也依然无法战胜蛇。

(2021年1月)

你快乐吗？

世间事，
不如意者十之八九。
究其根源，
在于人们的期望值太高。

你还别不服气，
请问：
你见过戴首饰的鸟吗？
你见过修别墅的兽吗？
你见过争遗产的鱼吗？

（2019年5月）

关于鸡下蛋

鸡下蛋，
会认窝。

但没有窝，
鸡也会下蛋。

鸡不下蛋，

原因有好多：
比如这不是鸡下蛋的季节，
比如鸡还没有长大，
比如鸡的饲养条件不够好……

总之，
怨天尤人是没有用的。

（2020年7月）

关于寂寞

甘于寂寞的人，
心中有个大世界。
即使一个人生活，
也不痛苦。

不甘寂寞的人，
希望得到他人认可，
却又偏偏得不到认可。
他们"朋友"如云，
却依旧孤独。

（2020年5月）

关于乐观

（一）

为寂寞的夜空镶上星星和月亮，
固然富有诗情，
但纯属画蛇添足。

因为无论是星星，
还是月亮，
还是太阳，
都一直挂在天上，
只是有时你看不见而已。

有人说，
天亮之前，
最黑暗。
但心中有大爱的人，
"先天下之忧而忧，
后天下之乐而乐"，
怎么会对自己的前途感到迷茫呢？

（二）

俗话说：
乐观的人像太阳，

照到哪里哪里亮。
悲观的人像月亮,
初一、十五不一样。

真的,
没有人知道太阳的生日,
可太阳依旧光芒四射。

不过,
鲁迅先生在《拿来主义》中说:
"尼采就自诩过他是太阳,
光热无穷,
只是给予,
不想取得。
然而尼采究竟不是太阳,
他发了疯。"

(2020年12月)

星星会落山吗?

太阳会落山,
星星当然也会落山,
只是没人看见罢了。

在社会上,

矮子的眼睛里只有巨人,
而巨人就像太阳,
经常让你无法直视。

另一方面,
矮子无论付出多少努力,
都无法获得巨人的尊重,
除非矮子长成了巨人。

(2021年2月)

关于需求

一把雨伞,
遮盖面积大约1平方米;

一顶斗笠,
只能遮住脑袋。

但这两样东西,
是常用的。

另举个例子吧,
作为一名人民教师,
假如我想把北京故宫买下来,
那我当然就缺钱了。

假如我只是维持普通百姓的生活水准,
那我也就不缺钱了!

【附】
"太行山你就开花,走也走不到头,下辈子好歹要睁开眼,
看看这圪梁和沟……"
2016年国庆期间,万众瞩目的央视"中国民歌大会"舞台上,来自山西左权县的盲人宣传队荣耀登场,伴随着传统打击乐,盲艺人刘红权一曲荡气回肠的《开花调》让人听得如痴如醉。据说,盲人面前,连黑暗都没有。

(2020年8月)

这山望着那山高?

登上高山,
却发现"这山望着那山高",
这是因为你把那山周围的东西当作参照物了。

身在江湖,
却"这山望着那山高",
注定难有大成就。

比如"愚公"之所以成为"愚公",
在于他挖山不止的举动,

而"河曲智叟"恐怕会选择搬家的。

（2020年12月）

关于竞争

生命进化过程中，
没有生物喜欢失败，
也没有异性喜欢失败者。
当然，
人更不例外。

不过，
人们用来竞争的，
不只有力气，
还有智慧，
还有忠诚，
还有宽容……

所以，
明代学者洪应明《菜根谭》曰：
"争是不争，
不争是争，
夫唯不争，
天下莫能与之争。"

（2020年2月）

君子不跟牛置气

作为狮子,
把野牛摔倒,
就意味着捕猎成功,
这内含一种暴力美。

作为人类,
制服蛮牛的最佳方法,
是给它一把青草。

假如你捎带着给蛮牛一点盐,
它之后见了你,
会比见了亲爹还要亲的。

真的,
我们是这个世界的守护者,
面对眼前的一切,
只有顺势而为,
才是最聪明的。

说明一下,
顺势而为,
是指做事方法;
"知其不可而为之",
是指锲而不舍的奋斗精神。

【附笑话一则】

别和傻瓜论短长

两人为"小九九"乘法口诀而争执：一位主张"三八二十四"，一位主张"三八二十一"。两人争了一天，谁也没有说服谁，就去找县官评理。

县官问："谁说三八二十一？"一人赶紧声明："是我。"县官好言抚慰，让他离开了。

"那么，你就是说'三八二十四'的了？"县官问罢，对差役说，"把他拉出去，打二十板子！"那人被打得鬼哭狼嚎，还不断喊冤。

打完后，县官问挨打者：

"你是不是觉得说'三八二十一'的那人特别傻？"

"是。"

"你是不是觉得本县大老爷是个昏官？"

挨打的人不说话。

县官继续说："他都主张'三八二十一'了，你还跟他吵了一整天，吵得哑喉咙破嗓子的，还闹到本县这里，你是不是更大的傻瓜？"

（2020年4月）

关于自杀

对普通人而言，
在社会上，
我就是一棵小草。

这个世界没有了我，
依然是这个世界。

可是，
当我离开了这个世界，
我将不复存在……

著名教育家丰子恺说：
"心小了，
所有的小事就大了；
心大了，
所有的大事就小了。"

真的，
一句话说到底：
人这一生啊，
除了生与死，
再无大事！

（2020年11月）

放羊娃

放羊娃，
只知道放羊，

只知道娶媳妇,
再生个小小的放羊娃……

所以人们说,
穷人之所以穷,
是因为见识短浅。

这当然是真的,
我们这些山野村夫,
像蚂蚁一样讨生活。
能吃到糖果的孩子,
就以为自己是最幸福的人了。

不过,
有人说,
天堂里的人,
是一些老实本分的人。

(2018年10月)

关于"知己"

古语说:
"士为知己者死,
女为悦己者容。"

所谓的"知己",
是指欣赏自己的长处,
并且包容自己短处的人,
比如鲍叔牙对待管仲,
比如蔺相如对待廉颇……

至于有人抓住了你的短处,
把你往死里整,
你是绝不可能把他当成知己的。

(2020年2月)

关于秘密

藏,
是为了只让自己人找到。

同样,
密码,
是自己人用来传递消息的。

但是,
你把秘密告诉了风儿,
就别怪满园的花花草草对着你笑了……

阿拉伯人说:

"保守秘密时，
秘密是忠仆；
泄露秘密时，
秘密是祸主。"

（2020年8月）

浅薄

蹚过一条河，
便吹嘘征服了一条河；

翻过一座山，
便标榜征服了一座山。

在人间转了一圈，
便自以为征服了全世界。

（2018年10月）

我们去旅游

我们去旅游：

只是走一走，
看一看；

只是吃一点，
喝一点；

只是拍几张照片，
录几个视频；

只是买一些当地的土特产，
再挑选几件纪念品……

此外，
我们还有哪些收获呢？

（2020年3月）

关于无知

无知很可怕；
明明无知，
却装作无所不知，
更可怕。

（2020年11月）

关于炫耀

（一）

凡人功成名就之后，
总免不了回故土显摆一番：

比如刘邦创作《大风歌》：
"大风起兮云飞扬，
威加海内兮归故乡，
安得猛士兮守四方。"

比如项羽发表"宏论"——
"富贵不归故乡，
如衣绣夜行，
谁知之者！"

至于老子，
骑青牛一去不返，
倒未必是成仙去了。

（二）

乐意让人见的，
就要与人分享。

不愿让人见的，
秘藏于室或者珍藏于胸，
自然省去许多是非。

你整日忙着炫耀，
不光惹人恨，
还会招来盗贼的。

（2021年2月）

关于"凡夫俗子"

——观《西游记》有感

我不是大仙——
我不会上天入地，
不会呼风唤雨，
更不会七十二变……

我是一个普通人，
甚至连个小妖精都不是。
因为再小的妖精，
也有几百年的道行吧？

对了，
我是妖精们口中的"凡夫俗子"，
似乎只有敬神，礼佛，修行，

才能平安了此一生!

不过,
浩瀚的宇宙,
是以光年来计算距离的。
一个筋斗云飞行十万八千里,
仍然远远不够啊!

关于"卖弄聪明"

明末冯梦龙《警世通言》:
"广知世事休开口,
纵会人前只点头。
假若连头俱不点,
一生无恼亦无愁。"

真的,
世事复杂,
看似简单的事情,
往往并不简单:

比如爬山虎不是虎,
比如马克思不姓马,
比如百米赛跑不是为了捉兔子,
比如"臭娘们儿"往往散发着香水味儿……

比如假牙也是牙,
比如假话也有人愿意听,
比如假肢也能派上大用场,
比如齐白石画棵白菜能买来大片白菜地……

所以,
有人说,
"抱朴守拙,涉世之道"。

(2021年4月)

真小人·伪君子

哈巴狗,
对于讨好主人的行径,
毫不掩饰。
即使戴着有色眼镜看,
它们也最多算是真小人。

一边吃着狗肉;
一边大谈特谈,
夸赞狗是人类最忠实的朋友。
这种人,
是伪君子。

(2020年3月)

天上掉馅饼

饭来张口,
衣来伸手;
想睡觉了,
有人递枕头。
这是亲人之间的互相照顾!

在社会上,
面对天上掉下来的馅饼,
捡起来就吃,
很容易成为咬钩的鱼。
你要付出的代价,
可能是无比宝贵的生命啊!

(2019年7月)

"天上掉下个林妹妹!"

天上掉下个林妹妹,
自然令贾宝玉喜出望外,
但这个林妹妹也让贾宝玉操碎了心。

奥地利著名作家斯蒂芬·茨威格说:

"……那时候还太年轻,
不知道所有命运赠送的礼物,
早已在暗中标好了价格。"

（2021年2月）

关于"人生之福"

有福之人,
一边享福,
一边积德;

无福之人,
一边受罪,
一边造孽。

所谓的"傻人有傻福",
是因为傻人肯下笨力气。

（2021年5月）

关于"背叛"

人们不会说狼背叛羊,

也不会说狮子背叛野牛。

从另一方面说,
骨子里流着农民血液的人,
才可能背叛农民;
在小山村里出生的人,
才可能背叛农村。

真的,
我不想争吵。
佛家说:
金刚怒目,
不如菩萨低眉。

但是,
无论如何,
把这个世界让给鄙视你的人,
是绝对不可以的!

(2020年1月)

奸佞之人的"苦衷"

奸佞之人也是有苦衷的,
比如马致远《荐福碑》所写:
"蝼蚁尚且贪生,

为人何不惜命？"
比如司马迁《史记·货殖列传》所写：
"天下熙熙，皆为利来；
天下攘攘，皆为利往。"

奸佞之人也是有苦衷的，
比如南宋秦桧"冒天下之大不韪"，
以"莫须有"的罪名置岳飞于死地。
比如明末辽东总兵吴三桂：
"恸哭三军皆缟素，
冲冠一怒为红颜。"

但是，
奸佞之人无论有多少"苦衷"，
都免不了被钉在历史的耻辱柱上，
永世不得解脱。

（2019年7月）

人啊，都有两面性

阳光越强烈，
物体背面的阴影就越清晰。

人的长处越长，
人的短处就越短。

比如"诗仙"李白,
一方面高歌:
"安能摧眉折腰事权贵,
使我不得开心颜";
一方面炫耀与权贵的交往:
"曾令龙巾拭吐,御手调羹,
贵妃捧砚,力士脱靴。
天子门前,尚容走马,
华阴县里,不得骑驴?"

再看爱国诗人闻一多的《口供》:
"我不骗你,我不是什么诗人,
纵然我爱的是白石的坚贞,
青松和大海,鸦背驮着夕阳,
黄昏里织满了蝙蝠的翅膀。
……
可是还有一个我,你怕不怕?
苍蝇似的思想,垃圾桶里爬。"

还有,
顾城的诗多阳光啊:
"黑夜给了我黑色的眼睛,
我却用它寻找光明。"
然而顾城的结局,
却是杀妻而又自杀!

有人说:

从历史的角度看,
诗人是偶像;
从现实的角度看,
诗人是疯子。

(2019年11月)

善有善报,恶有恶报

你既然有能力来到这个世界,
当然也有能力离开。
关键在于,
在这个世界上,
你留下了什么。

倘若,
你处高位而不解民之困,
遇国难而发不义之财,
如此使人神共愤,
又怎么能安享天年呢?

古人说:
官而无德,贵如朝露;
富而不义,财如晴雪。

(2021年1月)

不是冤家不聚头

路人甲，
或者路人乙，
或者路人丙，
之间很少会发生矛盾——
他们仅仅是偶遇，
彼此并无瓜葛。

反倒是长相厮守的一家人，
可能反目成仇……

（2019年5月）

耳朵

我有一个伙伴，
我们彼此仰慕，
却从未谋面……

我们不会寻找另一个自己，
因为见面就意味着永别。

（2020年2月）

父子之间的战争

父子之间的战争,
儿子永远是胜利者。

一个很重要的因素是:
当父亲的
心甘情愿地
为儿子超过自己而创造一切条件。

只是"当家才知柴米贵,
养儿方知做父难"。

任何事与物,
冥冥之中都有个轮回!

(2019年11月)

关于"对手"

得之淡然,
失之泰然,
是一种很高的境界。

"人争一口气，
佛争一炷香"，
往往是一种常态。

但是，
有钱人，
应该和有钱人斗法；
遇见没钱的人，
不妨资助一点。

多说一句啊，
美酒和咖啡，
其实都是水，
只是各自添加了一些佐料而已。

（2020年2月）

还是要活得潇洒一点

（一）

我拍拍手，
太阳没有回头。

我跺跺脚，
地球仍然转动。

我对着你笑了又笑，
你以为我得了精神病。

我买了只烧鸡，
想把自己撑死。

你说：
"想要见效快的话，
加点蔬菜吧！"

（二）

人们活得累，
大多不是因为生活困苦，
而是因为"这一个个伶俐人"，
被困在了世俗的乱麻中。

有人说，
一个人的成就，
取决于这个人的眼界、胸襟和不懈的努力。

（2020年2月）

耳根子软

"老婆大人"的话,
当然要听。

但你把"老婆大人"的每句话,
都当成圣旨,
不折不扣地执行,
久而久之,
"老婆大人"也会看不起你的!

(2020年7月)

也谈"人傻钱多"

世界上没有绝对的傻瓜,
只有愿意为你装傻的人。

屡屡原谅你的人,
是真的不愿意失去你。

归根结底,
人这一生啊,
有两句话是非说不可的:

一句是"谢谢你",
一句是"对不起"!

(2020年1月)

容易得到的东西

"海为龙世界,
云是鹤家乡。"
你穷其一生达成的目标,
或许只是人家的起点……

但容易得到的东西,
人们往往并不珍惜:
比如阳光,
比如空气,
比如水,
比如食物……

再比如金钱,
比如亲情,
比如爱情,
比如事业……

(2020年4月)

"解铃还须系铃人？"

人们常说"解铃还须系铃人"，
但事情往往没有这么简单。
因为扣有"死扣"与"活扣"之分，
老虎有小大之别啊！

也许，
用"快刀斩乱麻"的方式解决问题，
是最简便的。

（2019年9月）

生命的自然规律

生命的自然规律，
在每个人身上都会得到体现——

无论你是帝王将相，
还是平民百姓，
或者是方外之人，
都无一例外。

并且，

无论你的身体多么强壮，
无论你的生活方式多么健康，
无论你的心态多么乐观平和，
疾病总是见缝插针，
衰老总是如影随形，
死亡总是不约而至……

（2021年2月）

也谈"矫枉过正"

矫枉过正，
是一种必然。

但矫枉过正，
必定留下后遗症。

列宁说：
"真理只要再向前多走一步，
哪怕是微不足道的一小步，
也会变成谬误。"

实际上，
在奔向目标的征程中，
我们迈出的每一步，
几乎都是错误的。

比如正在使用的钟表，
常常每个时间都不准确。
只有停滞的钟表，
才有完全正确的机会……

难能可贵的是，
每个人都有自我调整的能力。

（2019年12月）

关于逆行

当你发现别人都在逆你而行的时候，
请不要骂娘，
要首先检查一下自己是否处在逆行状态。

（2022年3月）

由刹车想到的

无论如何，
从刹车，
到车辆停稳，

是有一段距离的。
这段距离长与短,
决定着自己与他人是否安全。

人生路,
也不可能是一片坦途。
生命之车,
不仅需要启动,
也需要刹车,
还需要转弯,
需要掉头,
需要倒车……

(2019年8月)

关于要强

处处要强,
是内心自卑的体现。

处处要强的人,
一路看着别人成为最优秀的人。

(2020年7月)

关于鸭子

养鸭厂育出来的鸭子,
又笨,
又肥,
根本走不远。

但是,
它们瞧不起会飞的鸭子。
因为会飞的鸭子是野鸭,
没人照顾。

真的,
有些地方,
容不下会飞的鸟!

（2018年9月）

关于假货

假货,
往往是真货的镜子。

假货泛滥,

与暴利有关。

（2020年8月）

万事皆有度

久旱逢甘霖，
当然是幸事。
但这雨一直下，
下到冲毁农田，
冲决堤坝，
就变成了灾难。

穷人有了钱，
当然是好事。
但这钱太多了，
多到超出了你的驾驭能力，
就不能给你带来幸福了！

再比如"薄利多销"，
薄利不可能薄到无利，
多销不可能多到无限。

（2019年8月）

由"瓶中水"想到的

瓶中水,
不足半瓶,
乐观的人因为瓶中有水而庆幸,
悲观的人因为瓶中水不满而遗憾。

另一个领域:
孝子,
觉得没有伺候好家中的老人而惭愧;
逆子,
因为送过父母"一把韭菜"而四处炫耀。

(2021年8月)

关于"饕餮"

我们这个星球,
不该由人类独自占有,
它还属于我们的动物邻居,
包括陆上的和水中的……
它还属于我们的植物朋友,
包括草本的、木本的和菌类的……

然而,
天上飞的,
水里游的,
草里蹦的,
更包括那些无法移动的,
全成了我们"饕餮"的牺牲品。

哦,
"饕餮",
原指我国古代传说中的神兽——
它见到什么吃什么,
连自己的身体都吃掉了,
只剩下一个大头和一个大嘴……

（2020年2月）

天行有常

入睡时,
天是黑的;
醒来后,
天亮了。

这没什么问题啊,
却偏偏有人怨天怨地,
搅得世界上鸡犬不宁……

另外,
一棵大树轰然倒下,
也不意味着末日来临。

刘禹锡诗曰:
"病树前头万木春。"

森林是这样,
人类社会也是如此。

（2020年11月）

人心如锁

钥匙出去闯荡世界,
锁在苦苦等待。

等了许久,
钥匙回来,
却怎么也打不开锁。

因为,
锁芯常常被露水浸湿,
早已生锈!

（2021年2月）

作茧自缚

光和影，
是一对知心爱人——
同时出现，
又同时消失。

假如，
你想拥有一片自己的天地，
那就做个茧吧！

至于孤独和寂寞，
是绝对避免不了的。

请问：
你见过有两个蛹的茧吗？

（2019年2月）

以牙还牙？

假如有人被狗咬伤了，
就去找狗的主人算账：
要求赔偿医药费、误工费、精神损失费……

但假如那"倒霉蛋"找不到狗的主人,
甚至这狗本就是野狗,
恐怕是要自认晦气的——
无论如何,
谁都不可能去咬回来啊!

(2020年1月)

缓一步

常下中国象棋的人都知道:
有时候,
步步紧逼并不能获胜,
反而走一步闲棋就困死了对方。

说明一下,
"宜将剩勇追穷寇,
不可沽名学霸王",
是指实现战略意图;
"缓一步",
是指作战技巧。

(2020年3月)

我看王朝更迭

谁也不愿意放弃既得利益,
除非新势力,
强大到你不得不退让。

动物界如此,
人也不例外,
当然还包括壮士断腕。

（2018年11月）

"天下没有免费的午餐!"

老百姓说:
"善有善报,恶有恶报,
不是不报,时候未到。"

比如,
明朝开国皇帝朱元璋规定:
皇族子孙不受普通法律约束,
不受当地政府管制。

因而,

明皇族成了"最幸福"的群体,
子孙繁衍到一百多万。

可是,
到了李自成、张献忠起义的时候,
明皇族几乎被杀了个精光。

原来,
他们两百多年的狂欢宴席,
也不是免费的……

(2020年1月)

共患难与享富贵

冲锋陷阵的时候,
战士之间很少有矛盾。

论功行赏的时候,
名流之间大多不和谐。

更有甚者,
硕大的果实尚未摘取,
红着眼睛的人们已斗得不可开交了!

(2020年3月)

气球人生

人这一生啊,
像氢气球——

越吹越大,
越大越危险;
但某些私欲膨胀的人,
明知道飞上高空会粉身碎骨,
也盼着直上青云……

(2020年3月)

"太阳系"

每一个家庭,
都是一个太阳系,
孩子往往就是太阳。

可是,
在宇宙中,
太阳系太小太小了啊。

推而广之,

觉得自己特别牛的人，
都是因为生活的圈子太小了。

德国著名诗人歌德说：
"感到自己渺小的时候，
才是巨大收获的开头。"

（2021年5月）

关于自恋

"镜子镜子告诉我，
我是世界上最漂亮的人。"

你每天这样要求镜子，
就会忽略整个世界。

哲人说：
"太拿自己当回事的人生，
终究是一场灾难。"

（2021年1月）

关于衣服及其他

衣服的用途,
最初是保暖和遮羞。

至于晒权力和炫富贵的功能,
则是后来衍生出来的。
比如龙袍,
比如金缕衣……

用来表明身份的东西,
自然还有很多:
比如房子,
比如车子,
比如票子……

不过,
所有这些"身份的象征",
都是生命的附属物,
并不能决定生命的价值!

(2019年4月)

一场说走就走的旅行

一个人的责任越大,
属于他的自由空间就越小。

思来想去,
一场说走就走的旅行,
最适合孙悟空——

因为孙悟空是从石头缝里蹦出来的,
没爹没妈,
也没有妻子和孩子,
还不食人间烟火……

(2019年8月)

关于时间

时间是一条无穷无尽的河,
波涛中孕育着无数生命。

生命总能掀起各种各样的浪花,
但所有的浪花都会趋于平静。

(2019年5月)

天使·魔鬼

（一）

笑的时候，
是天使；
哭的时候，
是魔鬼。

小孩子们是这样，
大人也不例外。

（二）

面目狰狞的魔鬼，
并不可怕；
可怕的魔鬼，
带着天使的笑容。

（2019年11月）

蚊子

人们讨厌蚊子——

不光吸人血,
还要嗡嗡叫几声。

其实,
吸人血的时候,
蚊子并不想叫,
而且它也根本不会叫。

只是"若要人不知,
除非己莫为"。
科学家解释,
那嗡嗡的响声,
是翅膀扇动造成的。

(2018年11月)

也谈"神不可测"

心诚,
不需要测;
心不诚,
测亦不灵。

人能做的事,
神不管;
人不能做的事,

交给神也无妨啊!

（2019年7月）

也谈"知音难觅"

能够耐心听别人说话的人少了，
能够和别人讲真话的人也少了，
所以人们特别需要理解。

但除了傻子和没有心机的孩子，
谁不把自己裹在茧里，
因而让人难以猜透呢？

《圣经》说：
"你们不像小孩子，
便不得进入天国！"

我不是基督徒，
但我知道：

小时候，
幸福是简单的。
比如，
在小孩子眼中，
一个金元宝跟一枚小石子，

没有不同。

长大了,
简单是幸福的。
比如,
只有一个馒头,
只有一碗粥,
只有一碟小菜,
却能够心满意足地吃下去……

(2019年7月)

关于豁达

"竹杖芒鞋轻胜马,
谁怕?
一蓑烟雨任平生。"

苏轼的豁达一向令人称道,
但一个真正放得下的人——心静如水,
是不会有这么多感慨的。

(2020年10月)

关于虚伪

对虚伪的人虚伪,
虽然不值得称道,
但也无伤大雅。

对真诚的人虚伪,
即使暂时得利,
也是令人不齿的行为。

至于哲人的见解,
则更胜一筹。
晚清名臣曾国藩曰:
"唯天下之至诚,
能胜天下之至伪;
唯天下之至拙,
能胜天下之至巧。"

(2021年4月)

关于低头

笑着低下头的,
是聪明人,

像成熟的麦子。

但你为了取悦别人，
把头低到尘埃里，
便不配拥有鲜花！

明代思想家洪应明在《菜根谭》里说：
"文章做到极处，
无有他奇，
只是恰好；
人做到极处，
无有他异，
只是本然。"

（2021年4月）

关于表率

子曰：
"其身正，不令而行；
其身不正，虽令不从。"

这个"身"，
不是别家的"追风驹"或者"千里马"，
也不是自家低头拉犁的"老黄牛"，
而是这个家庭的"当家人"啊！

（2019年7月）

关于葬礼

葬礼豪华与否,
不是最重要的。
最重要的,
是葬礼何时才需要举行。

另外,
在葬礼上穿拖鞋,
无论对死者,
还是对生者,
都是一种亵渎。

(2019年4月)

关于魔术

魔术的魅力,
在于颠覆你现有的认知。

表演魔术的人,
彼此从不拆台。

因为一旦魔术被揭开了神秘的面纱,

魔术师的表演将索然无味。

可是,
现实生活中,
魔术无处不在啊!

（2020年3月）

石头和麦子

石头和麦子有关系吗？
当然有。

石磨技术的发展,
让小麦成了亿万人的主食……

（2020年3月）

第四辑

疏影横斜

我不会说"我爱你"

我不会说"我爱你",
我只会钻研厨艺——
我要让你
在小米粥的甜香中
悠悠醒来……

我不会说"我爱你",
我只会关注天气——
我要让你
在风雪袭来时
穿上一件保暖的棉衣……

我不会说"我爱你",
我只会规划行程——
我要让你
在漫漫旅途中
始终看到繁花似锦……

我不会说"我爱你",
我只会寻找港湾——
我要让你
在长途奔波之后
洗去一路征尘……

我不会说"我爱你",
我只会探讨音乐——
我要让你
在优美的旋律中
沉沉睡去……

真的,
我不会说"我爱你",
但我会时时刻刻
把你装在我的心里!

(2019年9月)

雨

蓝天爱上绿地,
把心事写在白云般的信笺上。

信笺积成厚重的山,
化作泪滴落下来。

(2022年1月)

求爱

我没有房子,
没有车子,
没有钱,
没有工作……

可是,
我有一颗爱你的心。
亲爱的,
你能和我一起创业吗?

你别笑啊!
当年,
董永,
"房无一间,地无一垄",
不就演绎了一段"天仙配"的神话吗?

(2019年11月)

癞蛤蟆想吃天鹅肉?

想吃天鹅肉的癞蛤蟆不少,
但能吃到天鹅肉的癞蛤蟆,

肯定是成了精的!

不过,
成了精的癞蛤蟆,
往往蜕掉了蛤蟆皮,
标榜自己是王子。

（2018年9月）

为了你而放弃一切?

"我愿意为了你而放弃一切",
别管谁这样对你说,
你都不要理睬他。

请你仔细想一想:
为了你而放弃一切的人,
是没有责任心的人;
将来,
他也会为了一切而放弃你的。

（2019年9月）

愿天下有情人终成眷属？

诗一样的男人,
遇见诗一样的女人,
并不能成就完美的婚姻。

真的,
"愿天下有情人终成眷属",
从逻辑学上看,
是个伪命题。

然而,
假如人间只剩下了冷冰冰的现实,
许许多多的人是没法活下去的。

(2019年11月)

忠贞

"曾经沧海难为水,
除却巫山不是云。"
元稹表达爱情忠贞的诗句,
令人荡气回肠。

可是，
"曾经沧海"之后，
元稹又"经"了许多"水"；
"除却巫山"之后，
元稹又"观"了多地的"云"……

要谈真正的忠贞，
可以借用佛教的理念：
"一花一世界，
一木一浮生，
一草一天堂，
一叶一如来，
一砂一极乐，
一方一净土，
一笑一尘缘，
一念一清静。"

（2021年8月）

"藤"缠"树"

在这个世界上，
无论谁离开了谁，
地球都照样转！

但我这根"青藤"，

只缠绕你这棵"大树"……

（2020年9月）

关于下辈子

这辈子，
我风风火火的，
像个男人。

下辈子，
我要表里如一，
做个男人。

但，
万一，
下辈子，
我成了男人，
却像个女人呢！

（2020年5月）

相约下辈子？

"我知道你喜欢我,
但我们注定不是幸福的小夫妻……"

"你要是愿意,
下辈子,
我们相爱相守吧！"

"哼,
又骗人,
上辈子,
你就是这么说的。"

（2020年5月）

白雪对绿叶的祝福

树叶黄了,
已经回归泥土……

但,
因为你是"白雪公主",
所以无论什么时候的祝福,

都不算晚。

真的,
爱,
永远不会缺席!

（2018年10月）

野马的爱情

我爱上一匹野马,
可我家里只有羊圈,
没有草原。

野马说：
"我自带草原嫁给你；
不过,
我要你扛起猎枪,
做个牧羊人……"

（2019年8月）

幸亏一路有你

特意地，
我，
与冬天的风，
撞了个满怀。

不经意间，
落到你头上的雪，
似满天繁星。

我们不撑伞，
唯愿，
一直走到白头！

（2018年12月）

阳光不会生锈

虽然，
特别丑的橘子，
最甜。

但灰姑娘被王子选中，

不是因为她穷,
而是因为她长得好看。

(2020年8月)

找对象

人们给你介绍的对象,
无论从外表看,
还是从内在看,
都是你的影子。

真的,
嫌人家丑,
先看看自己的长相;
嫌人家矮,
先量量自己的身高;
嫌人家穷,
先摸摸自己的口袋;
嫌人家没本事,
先估估自己的能耐……

至于王子和灰姑娘的爱情,
只存在于童话故事中啊!

(2019年5月)

遇见

（一）

太阳红了，
只能自己看。

鸟儿叫了，
只能自己听。

月儿落了，
只能自己叹。

花儿谢了，
只能自己哭。

但是，
遇见你，
我就忘了自己。

（二）

我已经年过半百，
很遗憾，
没在最美的时光遇见最美的你。

但遇见你的日子,
我把所有的烦恼都留给了过往。

据说,
齐白石的画,
落款96岁以上的,
最值钱!

(2019年5月)

关于"一面之缘"

遇见,
是冥冥之中的缘分。
据说,
人的一生会遇上2920万人,
两个陌生人相遇的概率只有0.00487。

并且,
大多数人之间,
彼此都是过眼烟云——
既没有利害冲突,
也不会留下印痕。

上天垂怜,
让我在千千万万人之中,

遇见我所期盼的你，
似梦。

但世界这么大，
似乎一转眼间，
你我就在茫茫人海中走散了。

从此，
我们都有了一种淡淡的忧伤，
叫甜蜜。

（2019年7月）

从你的世界路过

从你的世界路过，
送你一枝鲜花，
只为表达真诚的祝福。

可是，
你为什么泪流满面？
你为什么彻夜难眠？
你为什么要义无反顾地离开自己的地盘？

你必须知道：
不是每个人都适合流浪的，

虽然在天地间旅行,
能听到山花野草的故事!

（2021年4月）

一个说出来就被嘲笑的梦想

在这个世界上,
我只是野地里的一棵草——
多一棵不显多,
少一棵不觉少……

可是,
我要用最美的年华,
去抵押一个梦想——
一个说出来就被嘲笑的梦想:

因为一条蛇,
爱上一座山。
那座山,
叫青城山;
那条蛇,
叫"白素贞"。

因为一句话,
痛苦一辈子。

那句话,
叫"我爱你";
那种痛苦,
叫思念。

因为一把火,
红透半边天。
那把火,
叫三昧真火;
那片天,
叫西方极乐世界。

（2019年8月）

缘分

据说,
鲸鱼的求偶声,
可以传播数千千米。

但是,
遇见是两条鱼的事情,
离开是一条鱼的决定。

有人说,
离开是为了下一次遇见;

可惜,
我们不擅长告别。

另举个例子吧,
树叶离开,
不是因为风的追求,
而是秋天到了,
叶子和树缘分已尽。

(2020年2月)

关于遗憾

鱼对水说:
"一辈子不能出去看看外面的世界,
是我最大的遗憾。"

水对鱼说:
"一辈子不能打消你的这个念头,
是我最大的失败。"

这话,
出自印度诗人泰戈尔的《鱼和水的爱恋》。

真的,
陪你一起看星星的人,

往往不懂得柴米油盐。
整日为柴米油盐而操劳的人，
没工夫陪你扯闲篇儿。

所以，
无论男人娶哪一个姑娘，
或者无论姑娘嫁给哪一个男人，
都是有遗憾的。

但假如男人不娶，
女人不嫁，
是不是遗憾更大？

有人说，
婚姻是爱情的坟墓；
也有人说，
没有了婚姻，
爱情将死无葬身之地。

（2020年11月）

关于"帅"与"丑"

长得帅，
不是你的错，
可到处招惹人，

就缺德了。

长得丑，
也不是你的错，
可把长得丑作为卖点来赚钱，
就令人讨厌了！

（2021年1月）

关于婚姻

婚姻列车在行进，
有人上车，
有人下车，
是再正常不过的事情。

所有的单身，
都不是眼光太高，
或者不想结婚，
只是没遇到那个志同道合的人……

（2020年3月）

婚姻与鞋子

两只鞋子,
在床前,
一顺一倒,
就像夫妻不在一头睡觉,
会影响交流的。

所谓夫妻,
是指领了结婚证的两个人。
至于夫妻能不能生活美满,
结婚证是无法保障的。

此外,
水晶鞋固然很好,
但那是魔法师专为"灰姑娘"定做的,
别人穿不了……

即使"别人"勉强穿上"小鞋",
也是注定要受尽苦楚的。

因此有人说:
婚姻就像鞋子,
合不合脚只有自己知道。

(2019年8月)

相爱相杀？

夫妻之间"横眉冷对"，
是因为同在一个屋檐下。

情人之间"朝思暮想"，
是因为没能同在一个屋檐下。

（2021年9月）

情人

许多许多年以后，
仍然会有人向我谈起你；
我心里隐隐作痛，
却只是淡淡地说：
"不认识"。

（2022年3月）

恩爱夫妻

妻子喜欢吃鱼头,
却吃了一辈子鱼尾。

丈夫喜欢吃鱼尾,
却吃了一辈子鱼头。

很幸运,
他们幸福地活着。

真的,
你对别人的好和善良,
最后成全的都是你自己,
虽然看似你受了委屈。

惊人的磁场定律曰:
你是谁,
才会遇见谁。

(2020年11月)

爱情传奇

没有珠穆朗玛峰的高峻,
不会有喜马拉雅大峡谷的深邃。

没有跌宕起伏的人生,
怎会有惊心动魄的爱情?

但夫妻平平淡淡地相守85年,
就成传奇了!

说明一下,
这事儿不是编的——
我所说的主人公,
是我爷爷和我奶奶!

（2020年5月）

梧桐树

我,
来到这个世界,
只为得到那只凤凰的爱。

所以，
我一直努力生长。
因为我知道：
想得到世界上最美好的东西，
就得让整个世界看到最优秀的自己！

（2019年4月）

错过

尽管你与"心上人"失之交臂，
但你们毕竟还有一面之缘啊。

真正的错过，
是你苦苦追寻一生，
"心上人"却杳无踪影。

甚至，
你都不知道：
"这个人"，
有没有来到这个世界……

（2020年4月）

过错

西方
灵河岸上
三生石畔
那株行将枯萎的绛珠草
已由赤瑕宫神瑛侍者
日以甘露灌溉

你能做的
只是欣赏罢了——
远远地
静静地
心平气和地
欣赏

可是
薛宝钗以"金玉良缘"的谎言
强行介入贾宝玉和林黛玉之间的"木石前盟"
最终落得个"金簪雪里埋"的下场

（2020年2月）

犯错

月亮之所以发光,
是因为它和太阳在一起。

老百姓说:
跟着凤凰沾光,
跟着兔子挨枪。

但在花前月下犯了错,
同样不可饶恕。

千真万确,
手上的脏东西,
有些能洗净,
有些永远洗不净。

(2022年1月)

情殇

我原以为,
我可以把世界踩在脚下,
去为你摘下天空的月亮,

所以我悄悄离开家乡,
独自走过一个个都市和村庄……

在你的又一个生日
骤然来临的时候,
我陡然明白:
征服世界,
从来就是疯子的梦想。
这一夜,
月白风清,
虫声呢喃。

我原以为,
三生石上,
我们早有约定。
可等我马不停蹄地返回故里,
你已成了别人的新娘。

我原以为,
我能够坦然面对一切现实,
可那不争气的泪水,
还是戳穿了所有的伪装。
妈妈说,
你嫁人的那一天,
雨一直下,
一直下,
一直淅淅沥沥地下……

我原以为，
我最怕从美梦中醒来；
后来才知道，
我最怕从美梦中醒来后，
再也没有了美梦。
更何况，
每当我从睡梦中哭醒，
总有南飞的大雁在声声哀鸣。

我原以为，
岁月总是无情；
两鬓苍苍之后才知道，
岁月总是有情，
我却一直不懂。
比如这场纷纷扬扬的大雪，
就是上苍，
在温柔地封存一段感情。

（2020年4月）

星星·眼睛

"悄立市桥人不识，
一星如月看多时。"
这话出自《癸巳除夕偶成》，
是清代诗人黄景仁的名句。

可叹啊,
这位前辈,
连除夕夜都过成了这个样子!
他一生怀才不遇,
穷困潦倒,
35岁就去世了。

我觉得,
说星星亮的人,
没见过恋人的眼睛。

(2020年3月)

此生,如纸般薄命?

你,
在我的日记里哭泣;
你,
在别人的怀抱里欢喜;
没有人对我说声"对不起",
包括上帝,
也包括我自己……

冬天的风,
穿过我的发际;

夏天的雨，
湿不透我们最初的记忆……

我用尽心力，
为你写一首诗，
却早已明白：
所有的一切，
都是经过而已！

（2021年4月）

我们是高中同学

哭过，
笑过，
吵过，
闹过，
在不多又不少的三年里，
我们一起走过……

如今，
离开家乡，
到遥远的都市求学，
我为自己起了一个网名：
"篆刻心头，是你的背影！"

（2018年9月）

约会迟到

约会迟到了,
怎样解释,
不是最重要的。

最重要的是:
你要气喘吁吁地,
红着脸,
郑重其事地解释——
说一些靠谱的话,
或者说一些特别不靠谱的话……

（2019年4月）

爱,也不可以挥霍

她伤透了心,
首先是因为她太爱你。

假如你的所作所为,
屡屡超出她忍耐的极限。

那么,

你连肠子都悔青了的日子，
就要到来了！

（2019年6月）

红玫瑰

古希腊神话中，
红玫瑰，
代表爱情。

现实世界里，
红玫瑰，
可以不扎人，
但必须有刺。

真的，
你之所以总受欺负，
是因为你给了别人欺负你的机会。

（2020年9月）

关于抱怨

抱怨男人不像男人的女人,
往往自己不像女人。
抱怨女人不像女人的男人,
往往也不像男人。

这个世界上,
所有的情与爱,
在消失之前,
都有预兆。

(2019年8月)

"何处合成愁?离人心上秋!"

最令人难忘的,
从来不是下雨天,
而是你与她一起"躲过雨的屋檐"。

最惹人苦恼的,
从来不是一千个离开的理由,
而是你不能战胜一个拥有她的冲动。

最动人心魄的,
从来不是花言巧语,
而是你要和她共享万里江山。

最让人心安的,
从来不是西方极乐世界,
而是你虽然离开了,
可你种下的太阳依然照常升起……

（2020年7月）

告别

有一种告别,
叫女朋友结婚了,
新郎不是我。

有一种告别,
叫女朋友结婚了,
新郎就是我。

有一种告别,
叫女朋友不知道她是我心中的女朋友,
我永远是我。

真的,

一辈子不结婚，
挺可怕；
更可怕的是，
在世俗的婚姻里过一辈子，
却没有获得爱情……

（2020年1月）

第五辑 浮生若歌

生命列车

生命列车在轰隆隆地前进,
没人知道这车来自何处,
也没人知道这车驶向何方……

该上车的,
总要大张旗鼓地上车,
即使车上的人心怀畏惧或者有意躲避;

该下车的,
终归还是下车了,
无论车上的人有多少留恋和遗憾……

（2020年9月）

我那"丢失的家乡"

我那四十年前的家乡,
一直在梦中:
柳笛声声,
传递着快乐,
也传递着忧愁……

我那四十年前的家乡，
一直在梦中：
小溪潺潺，
流淌着快乐，
也流淌着忧愁……

我那四十年前的家乡，
一直在梦中：
纸船摇摇，
承载着快乐，
也承载着忧愁……

我那四十年前的家乡，
一直在梦中：
白云悠悠，
飘荡着快乐，
也飘荡着忧愁……

我那四十年前的家乡，
一直在梦中：
思绪绵绵，
回味着快乐，
也回味着忧愁……

（2019年9月）

城里·家乡·月亮

城里的月亮,
同家乡的月亮,
应该没什么两样。
可我总觉得,
城里的月亮,
带着淡淡的忧伤。

你看,
城里的月亮,
在霓虹灯鄙夷的眼神中,
默默前行,
显得那么孤独、无助又凄怆……

而那家乡的月亮,
在荡悠悠的小河里洗过澡,
在红艳艳的苹果上留过影,
在绿油油的麦苗上撒过娇……
总显得那么自在、妩媚又安详。

（2019年12月）

东边日出西边雨?

沂南县城下雨了。

我听说,
几十里外的老家是个晴天。

妈妈坐在大门口,
正跟老姊妹们拉呱……

（2020年12月）

又一代人

祖祖辈辈长在田里的农民,
像庄稼;

他们的子孙,
却在都市的钢筋水泥间,
扎下了根……

（2020年3月）

儿子的信

儿子,
你寄来的长信,
既不生动,
也不感人……

可是,
读起来很短。

（2020年4月）

这也算回馈

每个人都知道"羊毛出在羊身上",
但假如你能用薅下的部分羊毛,
给老迈的羊们织个粗陋的毛衣,
那些被薅了一辈子毛的羊们也很高兴啊!

（2019年5月）

天下最成功的骗子

让人卖了,
还得帮着数钱,
许多人做过这样的事。

真的,
为了子女,
天下父母们费力,
花钱,
还乐得嘴巴都合不拢……

所以,
天下最成功的骗子,
是我们这些当儿子的,
还有那些当女儿的!

（2019年11月）

这个世界,我不想离开

这个世界,
我不想离开:
我放不下那个用石头垒成的小院,

还有小院里吵吵闹闹的鸡狗鹅鸭……

这个世界,
我不想离开:
我放不下那块种了几十年的山坡地,
还有地里没有收回家的萝卜白菜……

这个世界,
我不想离开:
我放不下我的一双儿女,
放不下蹦蹦跳跳的孙子和外孙子,
放不下那个整天骂骂咧咧的小老头……

这个世界,
我不想离开:
我真的有许多不舍,
也有很多遗憾;
甚至,
我还没跟那些熟悉的人说声"再见"!

（2019年4月）

无奈

母慈,
子孝,

小孙子时常在膝前蹦蹦跳跳……

一场大病袭来，
人，
在遭了很多罪之后，
没了；
钱，
包括东取的和西借的，
也没了……

（2019年4月）

关于家

（一）

房门上的锁，
只启用了一把钥匙。
那么，
这栋房子，
不是家。

（二）

有妈的地方，
就是家，

甭管这片土地是不是贫瘠。

有媳妇的地方，
就是家，
甭管这里是不是风狂雨骤。

有孩子的地方，
就是家，
甭管明天的太阳会不会灿烂辉煌。

（2019年8月）

关于月亮的问答

小孙女问：
我走到哪儿，
月亮就跟到哪儿。
这是为什么呢？

我说：
因为月亮是你的朋友呀！
不光月亮是你的朋友，
太阳也是你的朋友，
地球也是你的朋友。

当你把一切都交往成朋友的时候，

无论走到哪里，
你都很快乐。

（2018年9月）

周末"旅游"

周六下午，
小孙女不上学，
我也不上班。

我们去附近的操场上拔草喂兔子，
去别的住宅小区里荡秋千，
在商店门口坐"喜羊羊"儿童摇摇车，
在小饭店门口吃肉火烧，喝南瓜粥……

回家的路上，
小孙女连蹦带跳地唱起了歌儿：
"吃饱了，喝足了，感觉真好！"

吃晚饭时，
我喝了几两白酒，
吃了一个大包子，
还喝了一碗西红柿鸡蛋汤……

你们看，
我这笑容甜不甜？

所以有人说：
世界上没有一棵树是丑陋的，
也没有一朵花是粗鄙的。

（2018年6月）

按摩

小孙女有些头疼，
爷爷帮着按摩一下。

奶奶感冒了，
也头疼，
就问小孙女：
按摩一下是不是很舒服？

爷爷对奶奶说：
你是没摊着这样的好爷爷吧！

别误会呀，
这是邻居家的事，
我在办公室里听到的。

（2020年2月）

如今,我成了二孙女的两条腿

出生不到一百天,
二孙女就认识人了,
但不让我抱。

假如隔得比较远,
她就盯着我看;
只要间隔小于一米,
她就哭个不停——
大颗的泪珠往下落,
让我心酸又无奈。

这是因为我照看得不多啊——
孩子的爸爸妈妈上班,
我和她奶奶也得上班,
孩子的姥姥忙不过来,
我们请了个阿姨帮忙,
我自然就去得少了……

今年寒假,
我有空了,
几乎天天看着她。
再加上新型冠状病毒疫情肆虐,
学校延期开学,
我和二孙女就非常熟悉了——

每当见到我,
二孙女就笑成了一朵花。
抱着她,
背着她,
搂着她,
用双手托着她,
用肩膀扛着她……
我使尽浑身解数来讨她的欢心。

她也像扭股糖似的黏在我身上——
假如想上哪儿,
她只需要拧一拧身子或者伸一伸手,
我就会乐颠颠地挪动双腿,
朝着目标奔去……

（2020年3月）

"爷爷!"

一岁零两个月,
二孙女就会叫"爷爷"了。

听二孙女一声又一声、
高一声低一声地叫着"爷爷",
我也像孩子一样开心,

仿佛整个世界都洒满了灿烂的阳光！

（2020年8月）

滑滑梯

"爷爷,
咱们一起滑滑梯吧？"
还有两个月就满三周岁的二孙女说。

"大人不能滑,
你去滑吧。"
我回答。

"爷爷,
等你变小了,
咱们再一起滑,
好吧？"
二孙女认真地说。

（2022年4月1日）

"叶罗丽魔法棒"

地上有一摊脏水,
二孙女想把它当成泥坑,
要像小猪佩奇一样在里面跳来跳去……

我当然拦住她,
她捡起半截树枝,
喊道:
"叶罗丽魔法棒,赐予我力量吧!"

(2022年4月)

我家最棒的表演

我家最棒的表演,
是大孙女把二孙女抱起来,
当成琵琶弹奏——
大孙女连唱带跳,
二孙女乐得咧着嘴笑……

我家最棒的表演,
是二孙女学会了吹喇叭;
大孙女为了鼓励她的小妹妹,
抱着小妹妹在家里四处乱逛,
而小妹妹自然更起劲地吹着小喇叭……

我家最棒的表演，
是大孙女在阳台上吹泡泡；
二孙女坐在我腿上，
看着阳光下彩虹般的泡泡，
高兴得手舞足蹈……

（2020年3月）

哄二孙女睡觉

我知道自己五音不全，
但二孙女喜欢在我的歌声里睡觉。
我知道自己笨得像只鸭子，
但二孙女总让我抱着她跳舞。

二孙女睡熟的时候，
我就走到床前，
用膝盖挪到床中间，
将她放到早已铺好的小褥子上——
我先抽出托着她身体的左手，
把她放平稳，
再用左手托住她的头部，
小心地抽出右手……

完成这一切，

我总是长长地舒一口气。
假如某个环节出了问题,
哪怕只是为她脱去袜子,
也可能把她惊醒,
那就只能重新来过了!

（2021年2月）

关于吃饭

在老辈人看来,
能吃饱饭,
是一件多么幸福的事情啊。

更何况,
吃的是白面馍馍,
喝的是大米粥!

可如今的小孩子们,
怎么一听到吃饭就愁眉苦脸呢?

（2020年3月）

甜水里泡大的人

"穿衣戴帽,
各有所好",
那是因为你没冻着。

"萝卜白菜,
各有所爱",
那是因为你没饿着。

生活在幸福中的人,
无法体验穷人的难处。
你给孩子讲当年的困苦日子,
孩子反而把自己当成了"天使":
"爸爸,
没我之前,
咱家怎么那么穷啊!"

(2019年4月)

"我"怎么睡不着觉呢?

关上大门,
仍然有孩子的欢笑声传过来。

拉上窗帘，
还是有灿烂的阳光透进来。

躺在床上，
"我"怎么也睡不着。

"我"没有拿过不该拿的钱，
也没有做其他亏心事啊。

可是，
别人说，
"我"没有"公主命"，
却偏偏有一身"公主病"，
怎能让"我"不郁闷呢？

（2020年5月）

寻找另一个自己

（一）

我们的另一个自己，
也许是一群人，
或者是一个人；
也许是一座雕像，

或者仅仅是一个头颅，
一颗牙齿……

我们的另一个自己，
也许是一座山，
也许是一条河；
或者仅仅是一棵树，
一块石头，
一粒微尘……

我们寻找另一个自己，
是因为我们常常需要照镜子。
只有这一个自己足够伟大，
另一个自己才值得尊重。

（二）

无论哪一天，
人们最重要的事情，
是能够把眼睛睁开。

这辈子陪你最久的人，
就是你自己。

此外，
你心里容得下几个人，
你才能找到呵护你的几个人。

（2019年5月）

我只是个小小的人

高高兴兴上班,
平平安安回家。
每日开门七件事,
柴米油盐酱醋茶。
周末回到出生地,
看望爸和妈。

踏踏实实做事,
堂堂正正做人。
心中有盏指路灯,
爱护老百姓。
闲时不忘小嗜好,
琴棋书画诗酒花。

(2019年1月)

赏鱼

水池里面的小金鱼儿,
游过来又游过去,
浮上来又沉下去,
肯定是有原因的。

不过，
我只是观赏鱼而已，
为什么非得把一切弄清楚呢？

千真万确，
有些事情，
你眼睛看到了，
你耳朵听见了，
但你永远不知道内情。

（2020年4月）

牛

为了谁耕地，
谁在扶犁，
牛并不关心。

牛见到的，
只是那一道鞭影；
牛听到的，
只是那一声吆喝——"驾！"

牛关心的问题是，
什么时候能耕完地，
什么时候能吃上草……

（2019年9月）

醉

睡醒后,
不说,
不动,
也不睁眼睛,
就那么卧在床上,
像一条死狗……

这时候,
我才知道:
昨晚,
又喝醉了。

想流泪,
但,
眼眶里,
没有水!

（2018年9月）

做鬼脸

小孩子,

经常冲着镜子做鬼脸；
到老来，
镜子里的人总是冲你做鬼脸。

（2020年8月）

老年多健忘

骑着驴找驴，
忙了半天，
没找到驴，
又骑着驴回来了……

很多事情，
在别人看来，
是笑话；
放到自己身上，
却满含着无奈与哀伤……

比如坐着就打盹，
躺下睡不着；

比如现在的记不住，
过去的忘不了；

比如哭起来没有泪，
笑起来泪花闪……

（2020年10月）

自嘲之"白痴"

人人夸我演技好,
可我只是在舞台上转了一圈:
没有台词,
也没有动作。

真的,
人这一生啊,
许多事情是无法隐瞒的,
比如咳嗽,
比如贫穷,
比如傻,
比如爱……

(2018年9月)

自嘲之"笼中鸟"

笼中鸟,
不停地抱怨——
抱怨食物差,
抱怨活动空间小,
抱怨孤独寂寞冷……

其实,
笼子有门,
一直开着!

(2018年9月)

我小时候

听我妈妈说,
我小时候,
胖嘟嘟的,
像"宝塔糖"盒子上的小娃娃。
后来我才知道,
妈妈说的"宝塔糖",
是一种驱蛔虫的药。

听我叔伯大哥说,
我小时候,
很娇惯:
奶奶端着一小铁碗大米饭,
满大街地追着喂。
在那个艰苦的年月,
大米是很难得的奢侈品。

算起来,

我小时候，
是五十多年前啊。
假如能够穿越，
我好想抱抱小时候的自己。
我就是不明白，
长大后"百无一用"的我，
小时候怎么那么可爱呢？

其实，
我只记得，
我刚上小学的时候，
"席子"的"席"字不会写，
是我姑家表姐替我写上的……

（2019年1月）

我本平凡，只求心静

有些事情，
你永远想不明白，
比如前世和来生；

有些事情，
你想明白了，
反而没趣，
比如婚姻和爱情。

真正活得明白的人，
是天天兴高采烈的人。
他们能将没意思的事情，
做得有滋有味……

真的，
我是一名中学教师：
没权，
没势，
也没有多余的钱，
更不想用生命感动他人。
指望我发达，
就跟盼着桃树结橘子一样不靠谱！

因此，
我没有必要委屈自己，
更没有必要活成谁都喜欢的样子……

（2018年10月）

关于"讲价"

作为一名教师，
我其实不怎么缺钱。
但出去买东西，

该讲的价钱,
我还是要讲的。

因为我赚的每一分钱,
都是通过劳动而辛辛苦苦取得的,
我没有理由不珍惜自己的劳动成果。

万一遇见商家算错了,
我会善意地提醒他们——
不论他们算多了,
还是算少了。

(2020年10月)

吹牛

"暑假期间,
你干什么了?"
几位女士在办公室里聊天。

"没干什么呀,
就是到八达岭长城上溜达了一圈!"

"怎么去的?"
"骑自行车。
真的不远,才663千米呢!"

"我到布达拉宫转了一圈。"
"怎么去的?"
"自驾游。"

"你干什么了?"
"我在阿房宫里住了一夜。"

"怎么去的?"
"穿越!"

(2019年7月)

一个月饼

今天,
是农历八月十三日。

下班时,
在校园里,
我遇见了一年前教过的一个学生——
很遗憾,
我记不起他的名字了。

这学生喊了一声:
"王印老师,

中秋节快乐!"
接着从书包里拿出一个月饼,
两手捧着送给我。

说实话,
我心里暖暖的。

(2020年9月)

"说教"

我写的东西,
不是像说教,
而就是说教。

说教,
是文学创造力不足的表现,
因而不是诗。

不是诗,
就不是诗呗;
只要这些话,
对社会有用。

(2019年7月)

常说"过年话"

"祸不单行昨日行,
福无双至今日至。"
这话当然是好话,
但用它做春联并不合适。

因为老祖宗们知道:
"新年纳余庆,
嘉节号长春。"
所以"逢人减岁,
遇货加钱",
就成了寒暄之道。

另外,
别嫌弃"招财进宝"之类的字眼啊。
在尘世上过年,
哪有不俗的?

(2019年5月)

镍币和银币

威廉·亨利·哈里森,

是美国第九任总统。
他小时候性情孤僻,
被认为愚笨傻呆。
别人将镍币和银币放在一起,
让他任选其一,
他总是选那个不值钱的较大的镍币。

许多人喜欢考校他的智商,
他也因此得到了很多钱。
——那些嘲笑他傻的人,
其实都是被他耍了的!

(2020年9月)